PHILIP KIEFER

• IN 80 KARTEN •

Rätselbuch der LANDKARTEN

• UM DIE WELT •

IN 80 KARTEN UM DIE WELT

IN 80 KARTEN UM DIE WELT

Haben Sie bereits Ihre Reisetasche gepackt, den Strom abgestellt und bei Ihrer Nachbarin den Schlüssel zum Gießen der Blumen abgegeben? Dann sind Sie nun bereit für die große Fahrt! Wie in einem berühmten Roman des französischen Schriftstellers Jules Verne reisen Sie in diesem Buch einmal rund um den gesamten Erdball. Doch statt »In 80 Tagen um die Welt« lautet unser Motto nun: »In 80 Karten um die Welt«.

Bereisen Sie von London aus – der größten Stadt des Viktorianischen Zeitalters – alle Kontinente der Erde, erkunden Sie die unwirtlichsten, exotischsten, aufregendsten und auch heiligsten Städte und Länder. Werden Sie alle 80 Karten-Abenteuer bestehen und wohlbehalten zurück nach London gelangen?

Die abwechslungsreichen Karten aus mehreren Jahrhunderten versprechen jede Menge Rätselspaß! Denn zu jeder Karte werden Ihnen knifflige Fragen und Aufgaben gestellt, die Sie mit viel Scharfsinn lösen werden. Daneben werden Ihre geografischen Fähigkeiten auch durch Länderumrisse, Flaggen und Skylines auf die Probe gestellt. Ein ausführlicher Lösungsteil bietet Ihnen viele interessante Zusatzinfos.

Es erwarten Sie Fragen und Aufgaben zu folgenden Rätsel-Rubriken:

- **Gucken Sie genau!** Bei dieser Rubrik geht es darum, die Augen zusammenzukneifen und bestimmte, manchmal etwas versteckte Örtlichkeiten auf einer Karte aufzuspüren.
- **Wer weiß was?** Bei diesen Aufgaben ist Ihr Wissen gefragt. Die Antworten bei diesem Quizspiel finden Sie auf der Karte.
- **Große Namen** Auch zu diversen Berühmtheiten haben wir Fragen an Sie. Denn wie beim bekannten roten Teppich kreuzt die Prominenz auch gern auf allerlei Karten auf.
- **Für Sprachgewandte** In dieser Rubrik gibt es Fragen rund um die Sprache – oder zu Fremdsprachen.
- **Zum Querdenken** Diese Rätsel sind besonders knifflig, denn Sie erfordern nicht nur Ihren Spürsinn und Ihr Wissen, sondern auch Ihre kreativen Fähigkeiten.
- **Gut in Form?** Manchmal zeigen wir Ihnen auch einen Kartenausschnitt und lassen Sie herausfinden, an welcher Stelle wir diesen der Karte entnommen haben.

- **Zählen Sie mal!** In dieser Rubrik ist äußerste Konzentration gefragt, denn Sie sollen die gesamte Karte nach bestimmten Elementen durchforsten – und keines soll dabei übersehen werden!

Gehen wir, bevor Sie Ihre große Weltreise antreten, in aller Kürze die Route durch, damit Sie wissen, worauf Sie sich freuen können:

Von London aus betreten Sie zunächst das europäische Festland und entdecken als Erstes das historische Flandern, die Niederlande und besuchen dort die Stadt Maastricht. Weiter geht es nach Frankreich, wo Sie unter anderem Paris und die Provence erkunden.

Über die Schweiz reisen Sie an den Bodensee, besteigen die Berge rund ums Ötztal und genießen anschließend das Dolce Vita in Italien: Gondeln Sie durch Venedig, werfen Sie einen Blick – aber bitte keinen schiefen! – auf Pisa, besuchen Sie Rom und den Vatikan, Neapel und den Vesuv und werfen Sie einen Blick auf die Straße von Messina.

Nun heißt es: Kompass, Sonnenschutz und Moskitonetz eingepackt. Reisen Sie quer durch den afrikanischen Kontinent und werden Sie am Kap der Guten Hoffnung, auf den Seychellen, am Kilimandscharo oder in Ägypten selbst zum Entdecker!

Weiter geht es durch das Heilige Land und durch den Nahen Osten in Richtung Asien, wo Sie unter anderem den Mount Everest erklimmen, auf einem Elefanten durch Indien reiten oder sich sehr ausführlich in Südostasien umsehen. Von dort ist es dann auch nur noch ein kurzer Sprung hinüber nach Australien und Neuseeland.

Auch der amerikanische Doppelkontinent will von Ihnen entdeckt werden! Suchen Sie zunächst Südamerika auf und relaxen Sie an den weißen Stränden der karibischen Inseln. Schließlich erreichen Sie Floridas Küsten und bereisen die USA – von Zentralkalifornien bis nach New York.

Dann stoßen Sie bis in die nördlichsten Regionen der Erde vor: Kanada, der Arktische Ozean, Grönland und weitere eiskalte Orte haben viele spannende An- und Einsichten zu bieten. Betreten Sie mit Island wieder die Gefilde Europas: Über Skandinavien, Osteuropa und die Baltischen Staaten geht es zuerst nach Schottland und schließlich zurück nach London, dem Ausgangspunkt Ihrer Weltreise.

An jedem Ort gibt es viel zu entdecken, zu erraten, zu übersetzen oder zu knobeln. Wir wünschen Ihnen auf Ihrer Rätselreise »In 80 Karten um die Welt« viel Vergnügen und allzeit eine gute Fahrt!

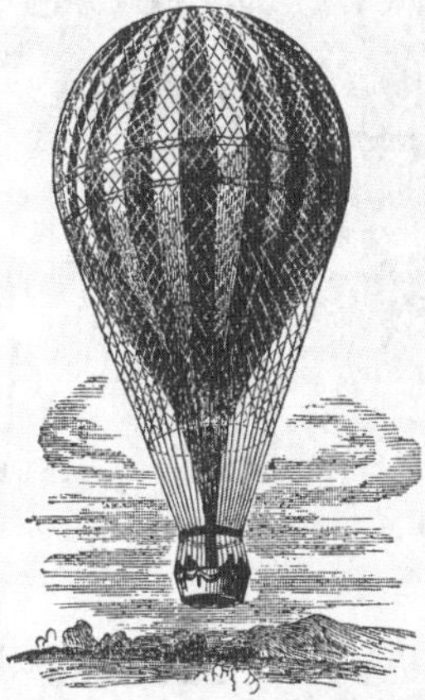

IN 80 KARTEN UM DIE WELT

1

EIN SPAZIERGANG DURCH LONDON

London war von 1825 bis 1925 die größte Stadt der Erde und Hauptstadt eines beeindruckenden Empires. Unternehmen Sie in der Weltstadt an der Themse einen unterhaltsamen Rundgang.

Zählen Sie mal!

1 Wie oft lesen Sie auf der Karte die Farbbezeichnung »Green«, und zwar auch als Wortbestandteil?

2 Ab in den Süden: Wie viel Mal lesen Sie auf der Karte das Wort »South«? Wortbestandteile werden mitgezählt.

Wer weiß was?

3 Es könnte sein oder nicht sein, dass Sie auf der Karte einer Shakespeare-Figur begegnen.

4 Auch der US-Bundestaat mit der Hauptstadt Annapolis ist auf der Karte vertreten.

Gucken Sie genau!

5 Entspannen Sie sich ein wenig im Victoria Park.

6 Wo befindet sich auf der Karte ein »Yard«?

7 Erklimmen Sie den One Tree Hill.

Für Sprachgewandte

8 Ist es die U-Bahn oder ein Fast-Food-Lokal?

9 Reiten Sie zu guter Letzt auf einem englischsprachigen Pferd.

Leyton
Stratford New Town
Flats
Forest Gate
Manor Pa
Hackney
Homerton
Victoria Pk
Maryland Pt
Stratford
STRATFORD
HACKNEY
London Fields
Victoria Park
Upton
North End
Plashett
WEST
HAM
Old Ford
Stratford Market
West Ham Park
Plaistow
Roman Road
Green St.
Bow Rd
Bromley
E. London Cem.
South End
Gas Works
West Ham Abbey Marsh
Northern Outfall
Plaistow Marsh
Mile End Rd
Whitechapel Rd
TOWER HAMLETS
Stepney
Canning Town
Hallsville
Poplar
East India Dk
Blackwall
Victoria Docks
Silvertown
London Dock
Tunnel
ROTHERHITHE
Pool
Blackwall Tunnel
Woolwich
Charlton Pier
Dock Yard
Surrey Commercial Docks
Isle of Dogs
Millwall Docks
Greenwich Marshes
Angerstein Wharf
Southwark Park
Bermondsey
Subway
N. Greenw.
Ship & Billet
DEPTFORD
Dockyard
Charlton
Woodlands
R. Milit. Repository
Woolwich Common
Hospital
GREENWICH
New Cross
Blackheath Hill
Veterin. Hosp.
Kidbrooke
Shooters Hill
Queens Rd
Telegraph Hill
Blackheath
Morden Coll.
Manor F.
Nunhead
Lewisham Junct.
Blackheath
Lr. Kidbrooke
Kidbrooke
Brockley
Nunhead Cem.
Peckham Rye Com.
Lee High Rd
Lee Green
Ladywell
Lee
Well Hall
Peckham Rye Pk
One Tree Hill
Brockley
South Coast
Eltham
Lee
Middle Pk
Honor Oak St.
Hither Green
Eltham Court (old Palace)
Catford Br.
Burnt Ash Green
Black Horse
St. Dunstan's Coll.
Rushy Green
Forest Hill
South East
Lewisham

2

IM SÜDOSTEN ENGLANDS

Echt antik! Diese Karte aus dem Jahr 1794 zeigt den Südosten Englands zur Zeit der Römer, als England und Wales unter römischer Herrschaft waren.

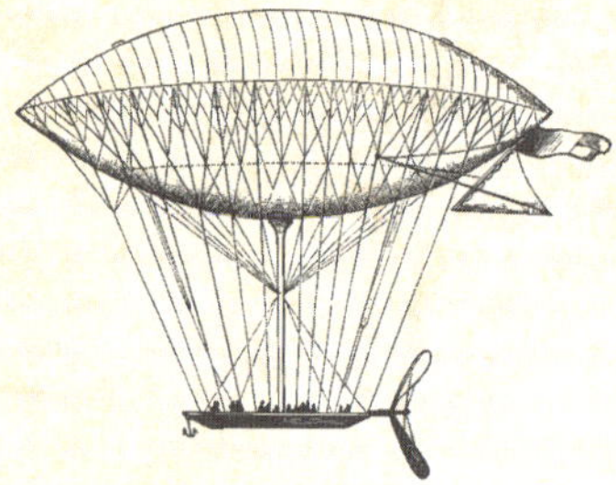

Für Sprachgewandte

1 Wo lesen Sie das englische Wort für »Kopf«?

Wer weiß was?

2 Zeigen Sie auf die Mündung der Themse.

3 Wo befindet sich die älteste Universität der englischsprachigen Welt?

4 Wo auf der Karte steht der Name des ersten christlichen Märtyrers Britanniens?

Gucken Sie genau!

5 Nehmen Sie in Dover die nächste Fähre über den Ärmelkanal.

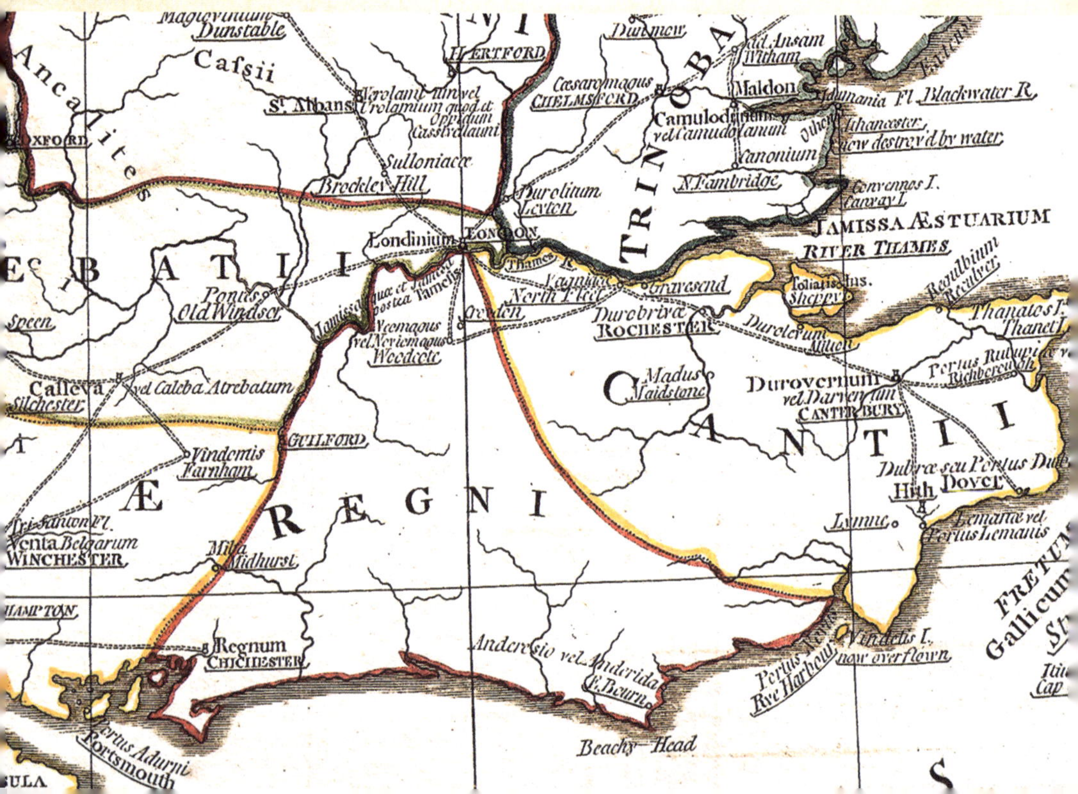

3

WANDERN IN FLANDERN

Die alte Grafschaft Flandern lag auf Gebietsteilen des heutigen Belgiens, Frankreichs und der Niederlande. Erkunden Sie die Region auf einer historischen Karte.

Gucken Sie genau!

1 Entdecken Sie auf der Karte den Ort Nazareth?

2 Nun halten Sie Ausschau nach dem Ort Dünkirchen, der auf der Karte »Duinkerch« geschrieben wird.

Große Namen

3 Ein 1960 in Belgien geborener Action-Schauspieler trägt den Namen Jean-Claude Van ...?

Zählen Sie mal!

4 Wie viele Ortsnamen auf der Karte beginnen mit einem kleingeschriebenen »ten« oder »ter«?

4

DIE NIEDERLANDE ALS PUZZLE

Der europäische Teil des Königreichs der Niederlande besteht aus zwölf Provinzen, die wir Ihnen hier als Puzzle präsentieren: Drenthe, Flevoland, Fryslân, Gelderland, Groningen, Limburg, Noord-Brabant, Noord-Holland, Overijssel, Utrecht, Zeeland, Zuid-Holland. Tragen Sie auf der Gesamtkarte die Nummer der zwölf Puzzle-Teile an der richtigen Stelle ein! Vielleicht können Sie als echter Oranje-Fan den Umrissen auch den richtigen Provinznamen zuordnen?

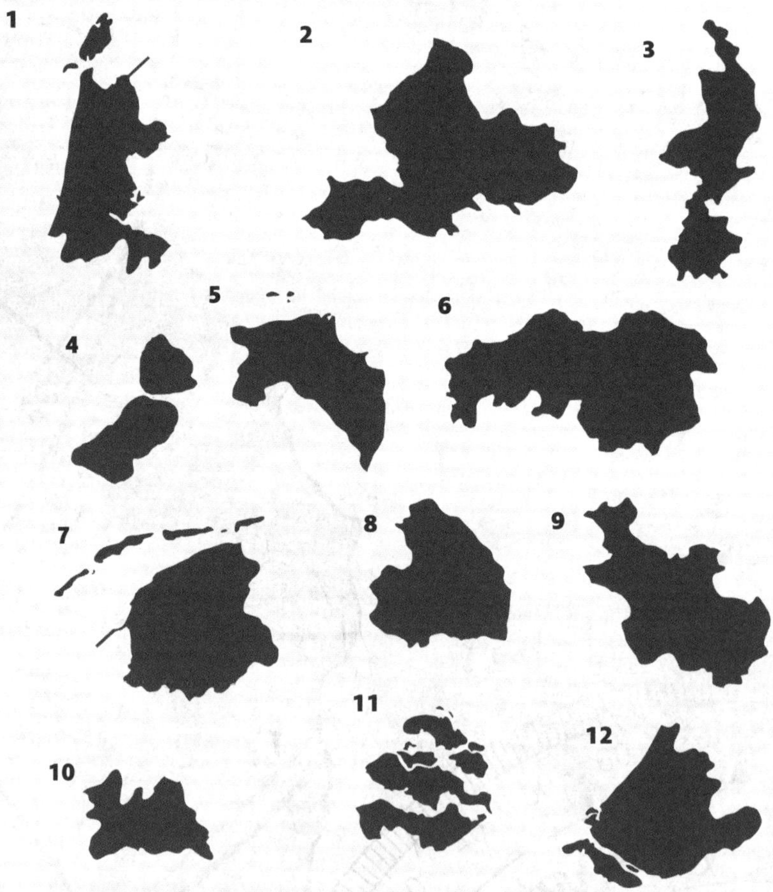

5

FLANIEREN AN DER MAAS

Maastricht ist die Hauptstadt der niederländischen Provinz Limburg. Benannt wurde die Stadt nach dem Fluss Maas, an dessen beiden Ufern die Stadt errichtet wurde. Besuchen Sie mit Maastricht eine der ältesten Städte der Niederlande.

Für Sprachgewandte

1 Wo lauert DENIS LURKIN? Lösen Sie das Anagramm, um es herauszufinden!

2 Finden Sie die auf Niederländisch bezeichnete »Tuchweberstraße«.

Große Namen

3 Entdecken Sie auf der Karte den Namen eines flämischen Malers, der von etwa 1390 bis 1441 lebte.

4 Zeigen Sie auf ein Kirchengebäude, das nach einem der fünf »Eisheiligen« benannt wurde.

Wer weiß was?

5 Wo auf der Karte sehen Sie ein jüdisches Versammlungsgebäude?

6 Wo kann man die Fossilien der berühmten Mosasaurier (auch: Maasechsen) bestaunen?

Zählen Sie mal!

7 Wie viele Parkplatzsymbole sind auf der Karte vollständig oder teilweise sichtbar? Parkhäuser werden nicht mitgezählt.

8 Wie oft lesen Sie auf der Karte »kerk«?

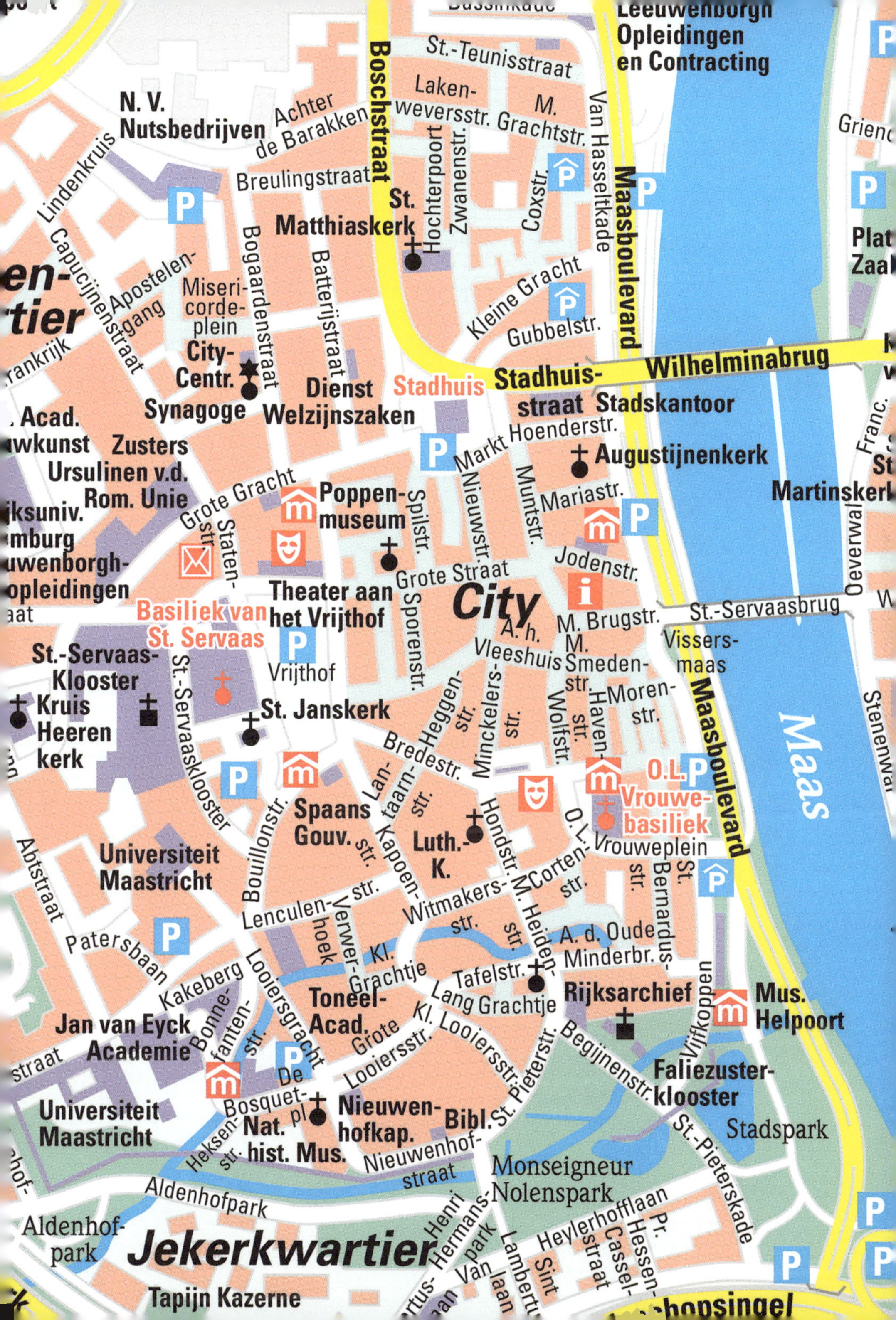

Leeuwenborgh
Opleidingen
en Contracting
St.-Teunisstraat
Boschstraat
Laken-
weversstr.
M.
Grachtstr.
Van Hasseltkade
N. V.
Nutsbedrijven
Achter
de Barakken
Lindenkruis
Breulingstraat
St.
Matthiaskerk
Hochterpoort
Zwanenstr.
Coxstr.
Maasboulevard
Plat
Zaal
Capucijnenstraat
Apostelen-
gang
Miseri-
corde-
plein
Bogaardenstraat
Batterijstraat
Kleine Gracht
Gubbelstr.
City-
Centr.
Synagoge
Dienst
Welzijnszaken
Stadhuis
Stadhuis-
straat
Wilhelminabrug
Stadskantoor
Acad.
Zusters
Ursulinen v.d.
Rom. Unie
Markt
Hoenderstr.
Augustijnenkerk
Franc.
Martinskerk
Grote Gracht
Poppen-
museum
Spilstr.
Nieuwstr.
Muntstr.
Mariastr.
Oeverwal
Staten-
str.
Theater aan
het Vrijthof
Grote Straat
Jodenstr.
City
Basiliek van
St. Servaas
Sporenstr.
A. h.
Vleeshuis
M. Brugstr.
St.-Servaasbrug
Vissers-
maas
St.-Servaas-
Klooster
Kruis
Heeren
kerk
Vrijthof
St.-Servaasklooster
M.
Smeden-
str.
Moren-
str.
Haven-
str.
Wolfstr.
Minckelers-
str.
Heggen-
str.
St. Janskerk
Bredestr.
Maas
Stenenwal
Lan-
taarn-
str.
O.L.
Vrouwe-
basiliek
Spaans
Gouv.
Luth.-
K.
Hondstr.
O.L.Vrouweplein
Universiteit
Maastricht
Bouillonstr.
Kapoen-
str.
Corten-
str.
St.
Bernardus-
str.
Abtstraat
Lenculen-
str.
Witmakers-
str.
M. Heiden-
str.
A. d. Oude
Minderbr.
Patersbaan
Verwer-
hoek
Kl.
Grachtje
Tafelstr.
Vijfkoppen
Kakeberg
Looiersgracht
Lang Grachtje
Rijksarchief
Mus.
Helpoort
Jan van Eyck
Academie
Bonne-
fanten-
str.
Toneel-
Acad.
Grote
Looiersstr.
Kl. Looiersstr.
St. Pieterstr.
Begijnenstr.
Faliezuster-
klooster
De
Bosquet-
pl.
Universiteit
Maastricht
Nat.
hist. Mus.
Nieuwen-
hofkap.
Bibl.
St.-Pieterskade
Stadspark
Heksen-
str.
Nieuwenhof-
straat
Monseigneur
Nolenspark
Aldenhofpark
Henri
Hermans-
park
Heylerhofflaan
Cassel-
straat
Pr.
Hessen-
Aldenhof-
park
Jekerkwartier
Van
Lambertus-
laan
Sint
Tapijn Kazerne

6

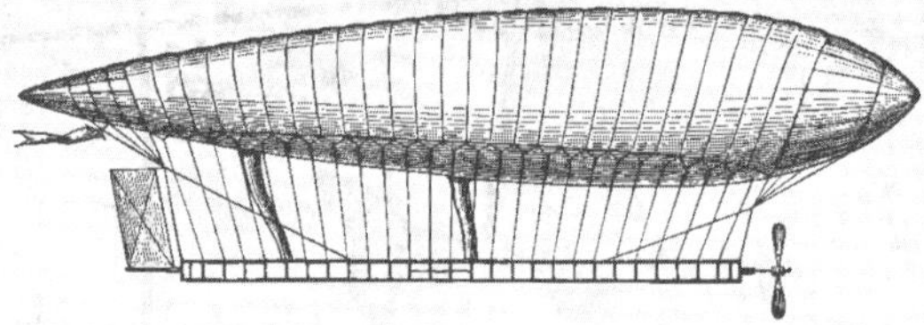

WO LIEGT WAS IN FRANKREICH?

Frankreich ist das größte Land der Europäischen Union und erstreckt sich vom Rhein bis zum Atlantik, vom Ärmelkanal bis zu den Pyrenäen. Finden Sie auf dieser »stummen Karte« alle zehn Örtlichkeiten?

1 Wo auf der Karte befindet sich die französische Hauptstadt Paris?

2 Markieren Sie nun die Stadt Ajaccio.

3 Wo liegt die Bretagne?

4 Leicht zu erkennen, oder etwa nicht? Zeigen Sie auf die Gironde.

5 Lust auf ein Glas Rotwein? Dann finden Sie Bordeaux.

6 Besichtigen Sie nun die Insel Mont-Saint-Michel.

7 Wo hat das Europäische Parlament seinen Sitz?

8 1940 wurden von vier jungen Männern die berühmten Höhlenmalereien von Lascaux entdeckt. Aber wo?

9 Wo mündet die Seine?

10 Zeigen Sie auf das Fürstentum Monaco.

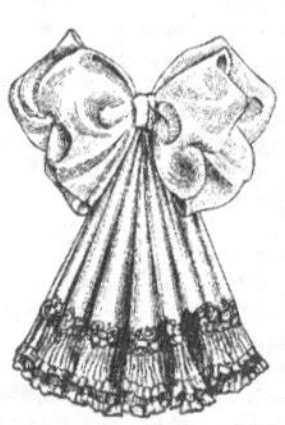

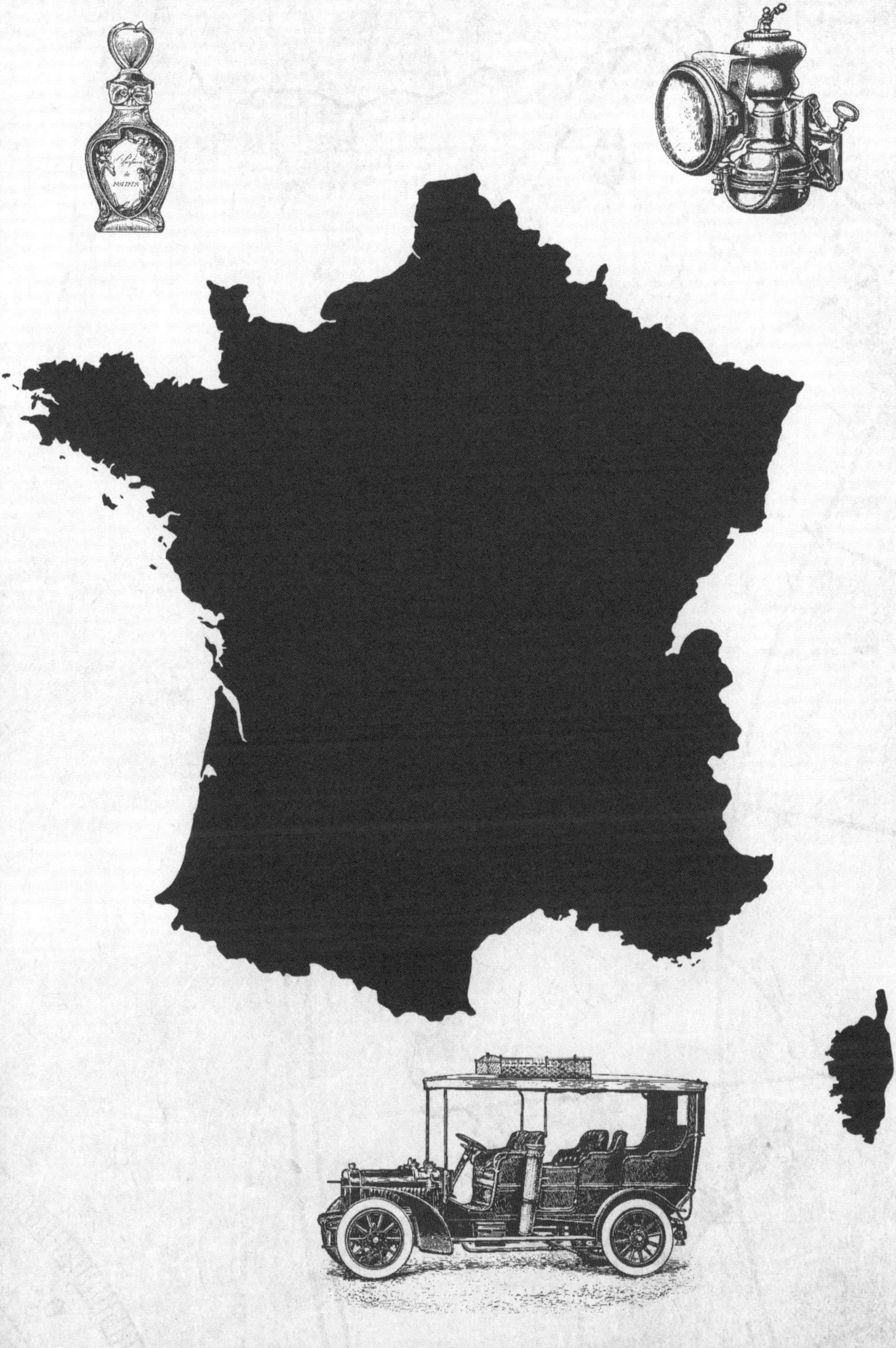

7

REIF FÜR DIE INSEL

Besuchen Sie die Île de la Cité, eine Flussinsel in der Seine, die gleichzeitig den ältesten Teil der französischen Hauptstadt Paris darstellt.

Gucken Sie genau!

1 Finden Sie auf der Karte die ehemalige Kirche Saint-Denis-de-la-Chartre.

2 Wo lesen Sie als Wort die französische Zahl »Neuf« (Neun)?

Wer weiß was?

3 Welcher Platz wurde nach dem Thronfolger des französischen Königs benannt?

Gut in Form?

4 Von wo auf der Karte stammt dieser Ausschnitt?

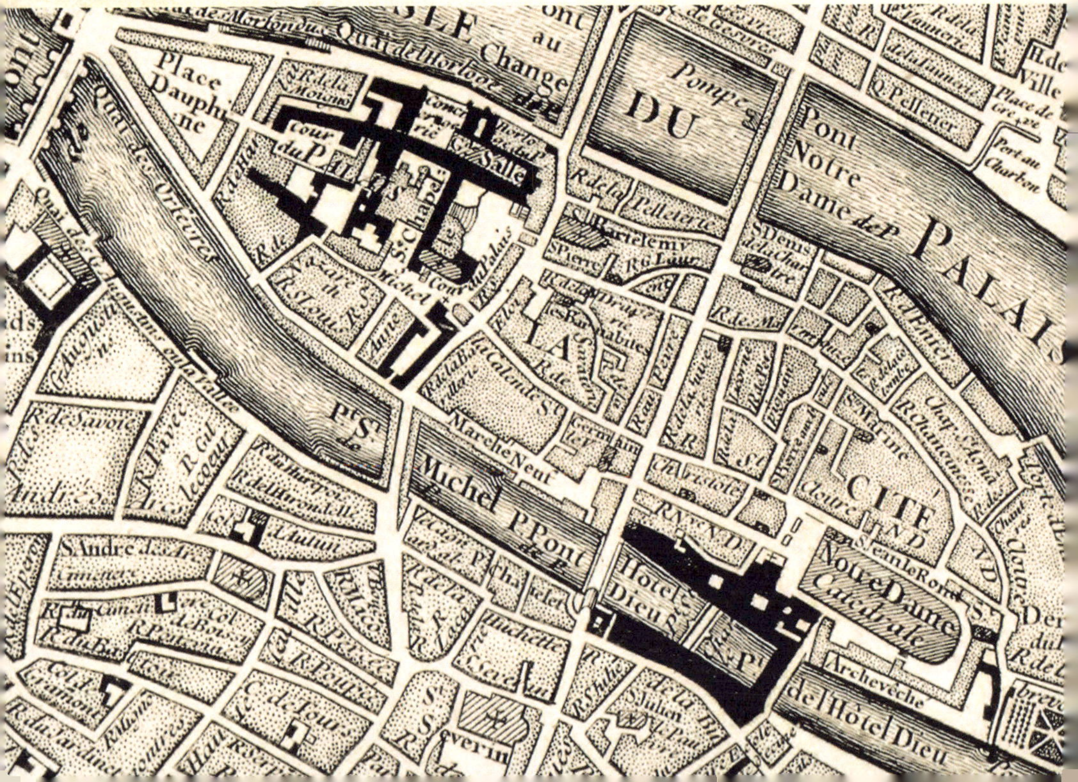

8

ENTLANG DER SEINE

Paris steckt nicht nur voller Liebe und Mode, sondern auch voller Kultur und Geschichte. Unternehmen Sie einen Spaziergang entlang der Seine.

Zum Querdenken

1 Wir suchen hier nicht John, George oder Ringo!

Wer weiß was?

2 Wo lesen Sie den Namen einer französischen Stadt, die für ihren Senf berühmt ist?

3 Gehen Sie über eine Brücke, die nach der Drei-Kaiser-Schlacht von 1805 benannt wurde, nämlich der »Schlacht bei …«?

Zählen Sie mal!

4 Wie viele Bahnhöfe (»Gare«) sind auf der Karte abgebildet?

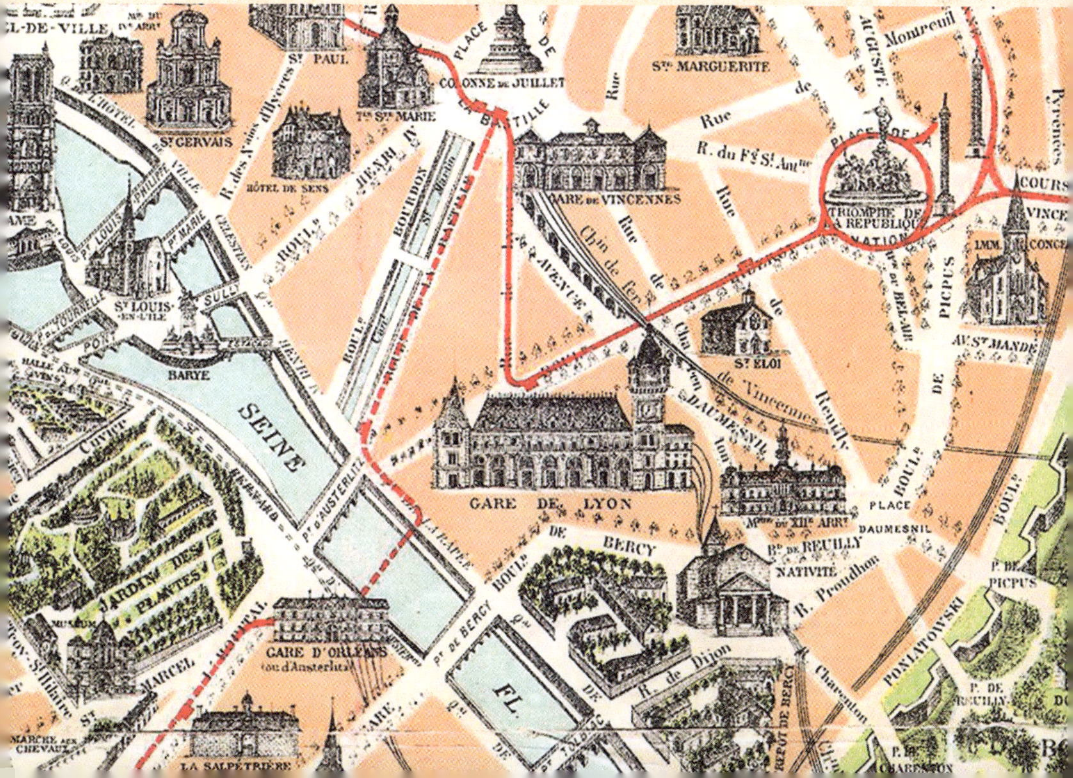

9

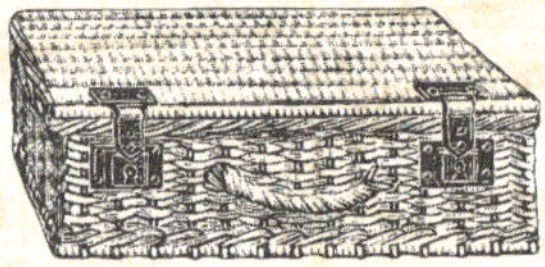

IM SÜDEN FRANKREICHS

Reisen Sie auf dieser Karte in die Provence, eine der bezauberndsten Landschaften Frankreichs, und besuchen Sie interessante Örtlichkeiten westlich und östlich der Rhone, die im Süden ins Mittelmeer mündet.

Gucken Sie genau!

1 Zeigen Sie auf die Mündung der Rhone.

2 Wie lautet die höchste Zahl, die auf der Karte geschrieben steht?

Wer weiß was?

3 Suchen Sie den Namen einer französischen Pferderasse, für die sich seinerzeit schon Julius Cäsar begeisterte.

4 In welcher Stadt heißt es »on y danse, on y danse«?

5 Finden Sie auf der Karte eine nordische Gottheit.

Für Sprachgewandte

6 Entdecken Sie auf der Karte einen Triumphbogen.

7 Welcher Fluss heißt ins Deutsche übersetzt »Haltbarkeit«?

Zählen Sie mal!

8 Essen wie Gott in Frankreich: Wie viele Symbole von Autobahnraststätten sind auf der Karte abgebildet?

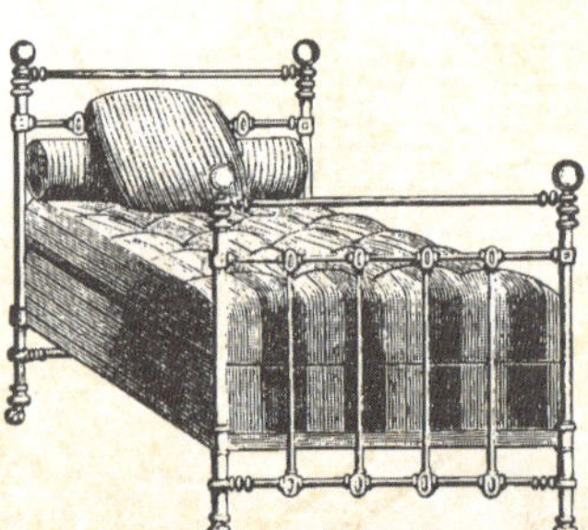

Ambroix
Pont-St-Esprit
Bollène
Mondragon
Vaison-la-Romaine
Aigues
Cèze
D6086
Gicon
Arc de Triomphe
Orange
D938
Malaucène
Ouvèze
Lussan
Bagnols-s-Cèze
D6
A7
Jonquières
Beaumes-de-V.
N580
Connaux
Châteauneuf-du-Pape
Courthézon
Carpentras
Roquemaure
Bédarrides
D981
Uzès
Pouzilhac
La Languedocienne
Sorgues-sur-l'O.
Monteux
D6086
Villeneuve-lès-A.
D942
Pernes-les
Entraigues-sur-S.
St-Chaptes
Le Pontet
Grotte de Thouzon
Gard
Pont du Gard
N100
Le Thor
Remoulins
Avignon
D901
L'Isle-s-la-So
A9
E15
Château du Pape
Fontai
Aramon
Caumont-sur-D.
Chât.de St-Roman
Châteaurenard
A7
Marguerittes
D570n
D7n
E714
Cavaillo
Tarascon
Plan-d'Orgon
Beaucaire
D6113
Durance
A54
Monuments romains
Les Antiques
St-Rémy-de-Pr.
Orgon
N. D. de Beauregard
Les Baux-de-Provence
Rhône
E80
Bellegarde
Maussane
Sénas
Vauvert
Abb. de Montmajour
Eyguières
Grottes de Calès
Autoroute
St-Gilles
Arles
D6572
Mouriès
Salon-de-Pr.
N113
St-Martin-de-Crau
A54
E80
Albaron
Miramas
D113
N1569
St-Chamas
D570
Parc Naturel Regional de Camargue
l'Armelliere
Etang de Vaccarès
N568
Grand Rhône
Oppidum du Castellan
Istres
Berre-l'Etang
St-Blaise
D268
D5
Etang de Berre
Fos-s-Mer
Les Saintes-Maries-de-la-Mer
Marigna
Salin-de-Giraud
Port-de-Bouc
N.D.des Marins
Martigues
A55
Port-St-Louis-d-Rhône
Carro

10

WILDES KORSIKA

Korsika ist die viertgrößte Insel des Mittelmeers, wobei auf einem großen Teil dieser wilden Insel ein Hochgebirge thront. Die Franzosen nennen Korsika auch »Insel der Schönheit«.

Gucken Sie genau!

1 Wo auf der Karte lesen Sie die Zahl 800?

Gut in Form?

2 Können Sie sagen, von wo auf der Karte dieser Ausschnitt stammt?

Für Sprachgewandte

3 Welcher Ortsname bedeutet aus dem Italienischen übersetzt »Alter Hafen«?

4 Wo auf Korsika hält sich PIA PROLATE auf? Lösen Sie das Anagramm, um sie zu finden.

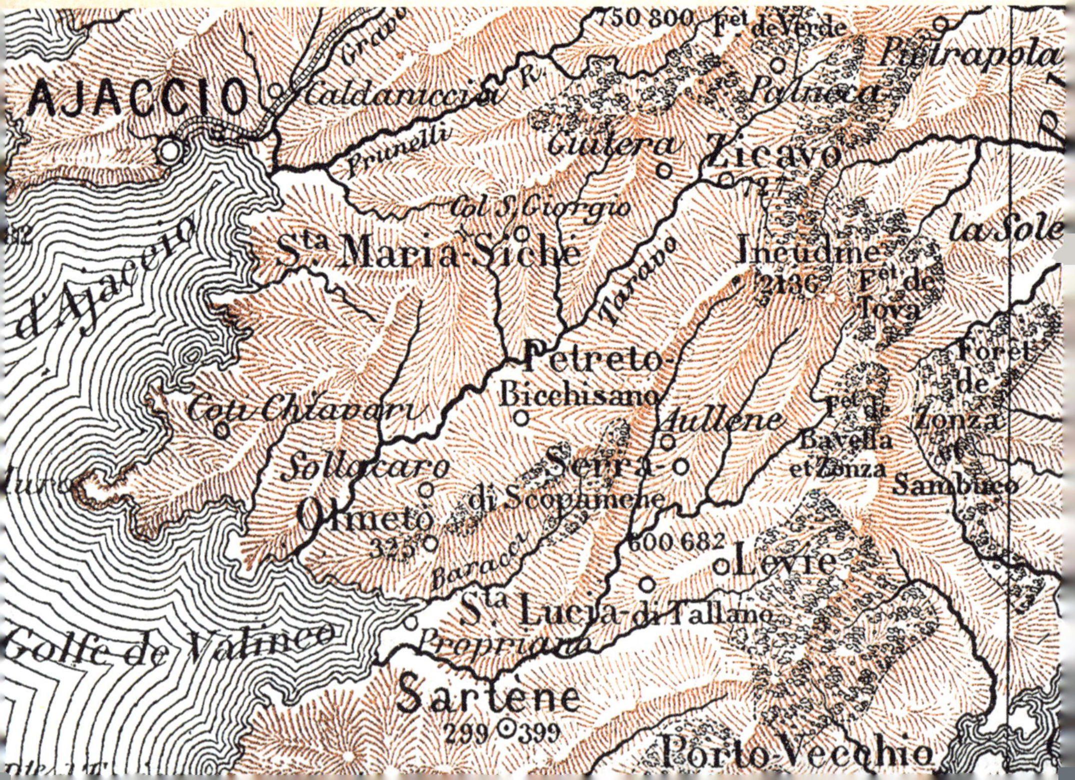

11

GRÜEZI MITENAND!

Hier sehen Sie den Kanton Schwyz, einen der Urkantone der 1291 gegründeten Schweiz, sowie Teile von umliegenden Kantonen. Stochern Sie ein wenig in diesem Fondue!

Gucken Sie genau!

1 Welcher Ort kommt auf der Karte zweimal vor?

2 Suchen Sie auf der Karte nach Steinen.

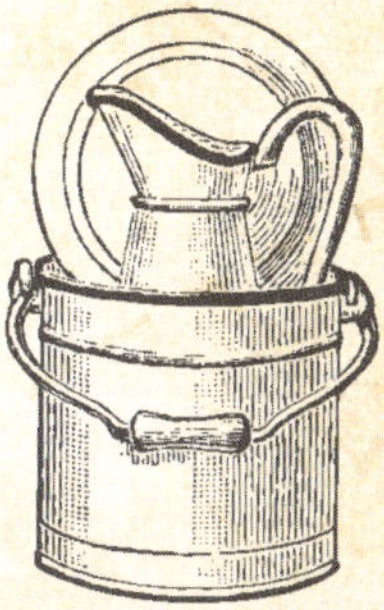

Für Sprachgewandte

3 Wo auf der Karte steht die französische Bezeichnung für die Schweiz?

Wer weiß was?

4 Wo auf der Karte sehen Sie einen Heiligen?

12

AUSFLUG AN DEN BODENSEE

Der Bodensee ist das größte Binnengewässer Deutschlands, aber auch Österreich und die Schweiz haben Anteile daran. Wir betrachten einen Ausschnitt des westlichen Bodensees.

Gucken Sie genau!

1 Finden Sie auf der Karte einen Flugplatz.

Zählen Sie mal!

2 Wie viel Mal lesen Sie auf der Karte das Wort »Pfahlbauten«?

Wer weiß was?

3 Wo fand vom 5. November 1414 bis zum 22. April 1418, einberufen von Gegenpapst Johannes XXIII., ein berühmtes Konzil zur Einheit der Kirche statt?

4 Welche Insel im Bodensee wurde von einem schwedischen Grafen in eine »Blumeninsel« verwandelt?

13

KRAXELN IN DEN ÖTZTALER ALPEN

Die Ötztaler Alpen sind durch den Fund der Gletschermumie »Ötzi« weltberühmt, haben aber noch mehr zu bieten, unter anderem mächtige Berge.

Gucken Sie genau!

1 Das ist doch wohl die Höhe! Aber welche ist die niedrigste vollständig sichtbare Höhe auf der Karte?

2 Dafür bitte einen doppelten Schnaps: Wo entdecken Sie die Zahl 3333?

Wer weiß was?

3 Wie werden Gletscher in Tirol noch bezeichnet?

Zählen Sie mal!

4 Wie viel Mal lesen Sie auf der Karte die Abkürzung »Kg.«, die für »Kogel« steht?

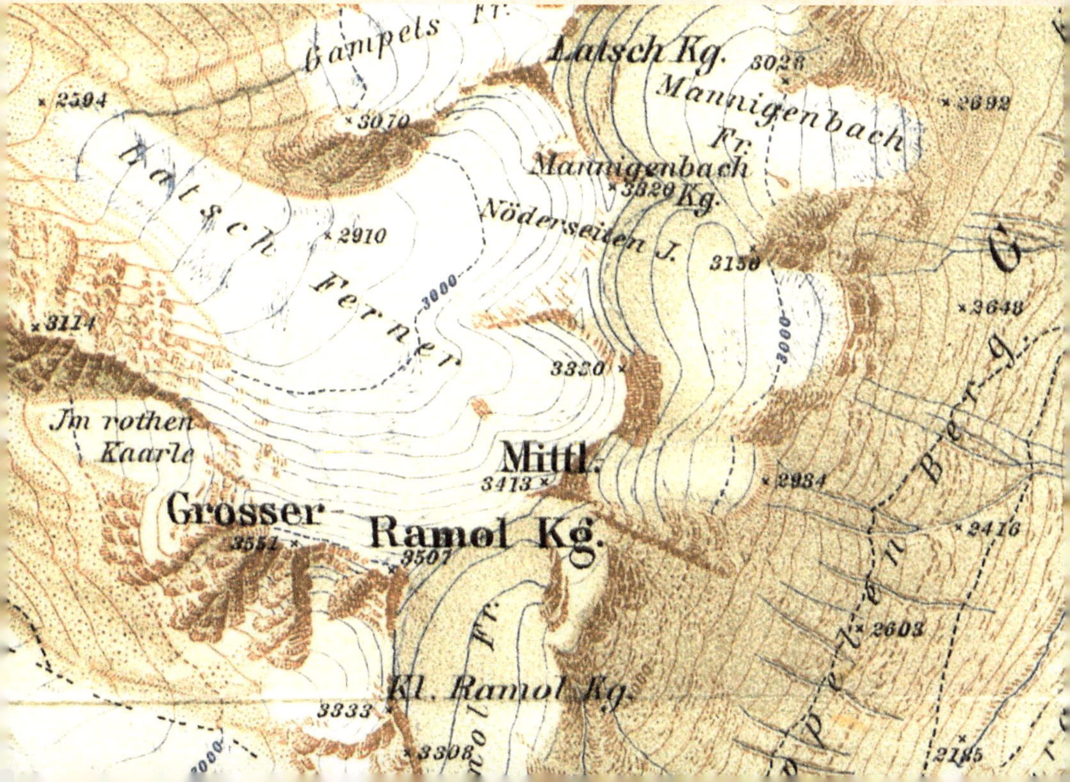

14

DAS GONDEL-LABYRINTH

Sie haben sich als Gondoliere oder Gondoliera in Venedig beworben und absolvieren nun den Praxistest. Sie starten mit Ihrer Gondel links unten auf der Karte. Der Prüfer gibt Ihnen während der Fahrt die folgenden Anweisungen. Wo kommen Sie an?

1 Per favore, gondeln Sie durch die mit Pfeilern markierte Einfahrt in Richtung Stadt.

2 Wenden Sie die Gondel nach den Türmen sofort Richtung Steuerbord, bis sie die kleine Insel mit der Kirche erreichen.

3 Sobald die Insel auf Backbord liegt, steuern Sie Richtung Nordost und halten Kurs auf die kleine schwarze Gondel zu.

4 Sobald Sie diese umfahren haben, biegen Sie nach Backbord in den Kanal ein.

5 Unterqueren Sie die nächstmögliche Brücke.

6 Bewegen Sie die Gondel danach in den Kanal auf der Steuerbordseite.

7 Als Nächstes wenden Sie nach Backbord.

8 Weiter geht es nach Steuerbord.

9 Und schließlich gleich nach der Gondel erneut Steuerbord.

10 Legen Sie zum Schluss mit Ihrer Gondel an der backbordseitig gelegenen Kirche an.

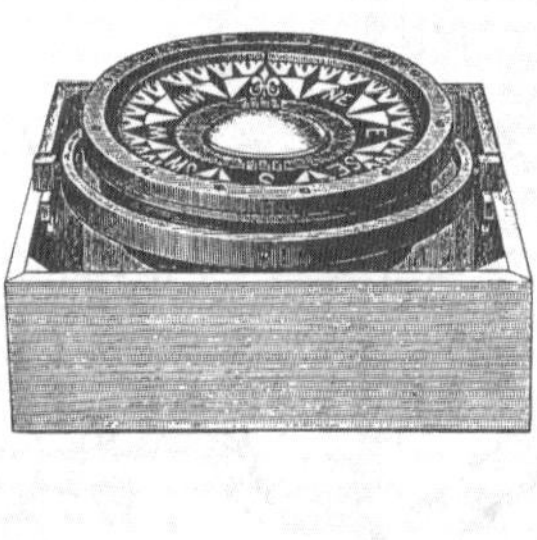

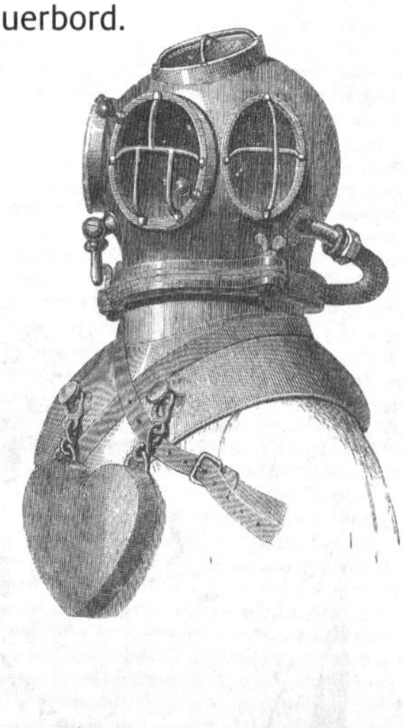

بو شهرون دكلد شهردن بربچوق میل
یوریا ظرفنده درادنه موراند دیرلر
جمله خلقی صرچه اشلر

15

GRATIS SIGHTSEEING IN VENEDIG

Als Tagesbesucher von Venedig müssen sie ein Eintrittsgeld bezahlen. Auf unserer Karte bleibt das Sightseeing kostenlos - und Sie müssen sich nicht durch die Touristenmassen wälzen.

Gucken Sie genau!

1 Wo wird der römische Apollo – so die lateinische Bezeichnung – erwähnt?

2 Wo auf der Karte lesen Sie – vollständig erkennbar – die Zahl 11?

3 Ihnen wurde von einem Taschendieb die Geldbörse stibitzt. Gehen Sie auf der Karte zum Polizeirevier.

Gut in Form?

4 Von wo aus der Karte haben wir diesen Ausschnitt entnommen?

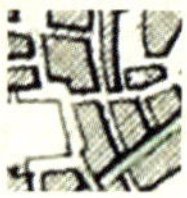

Für Sprachgewandte

5 Wo auf der Karte lesen Sie das italienische Wort für »groß«?

6 Welcher vollständig sichtbare italienische Name auf der Karte bedeutet Georg?

Zählen Sie mal!

7 Wie häufig kommt auf der Karte das Wort »Canal« vor?

8 Wie viel Mal lesen Sie die Buchstabenkombination »iso«? Groß- oder Kleinschreibung spielt keine Rolle.

S. Giorgio maggiore
12 S. Giovanni e Paolo F.3.
13 S. Grisostomo E3.
14 S. Marco E4.
15 S. Maria Formosa F4.
16 " " dei Miracoli E3.
17 " " dell'Orto D.1.
18 " " della Salute D.5.6.
19 " " Zobenigo D.5.
20 Omnibus p.r la Strada ferr. E.F.5.D.4.
21 Orto botanico A.B.2.
22 Ospedale civile F.3.
34 " Pisani
35 " Treves
36 " Vendramin Calerghi
37 S. Pantaleone
38 Polizia
39 Posta
40 Prigioni e Ponte dei Sospiri
41 Il Redentore
42 S. Rocco
43 S. Salvatore
44 Scalzi
45 Scuola di S. Rocco
46 S. Sebastiano
47 Seminario
48 S. Simeone piccolo
49 S. Stefano
50¹ S. Pietro di Castello
50² S. Giuliano
Fondamenta nuove
Arsenale
P. della Celestia
Canal delle Galleazze
Darsena novissima grande
Porta nuova
Isolotto
D. di Arsenal vecchio
Darsena di Arsenal nuovo
Isola di S. Pietro
S. Pietro
S. Pietro di Castello
Canal di S. Pietro
Riva degli Schiavoni
Strada nuova d. Giardini
Punta di Quintavalle
Bacino
Isola di S. Giorgio maggiore
Canal di S. Marco
Giardini Pubblici
Punta della Motta
50 Teatro Fenice
51 " Apollo
52 " Gallo
53 " Malibran
54 Uffizio del Lloyd
55 " Telegrafi
56 S. Zaccaria
57 Zecca
Alberghi
a Grand Hotel Royal F.5.
b Europa E.5.
c Hotel de la Ville D.4.
d S. Marco E.4.
e Luna E.5.

16

DER GROSSE PISA-TEST

Nahe Pisa mündet der Arno ins Ligurische Meer. Wir besichtigen diese toskanische Stadt, die im Mittelalter zu den vier großen Seefahrerrepubliken Italiens zählte. Heute wird das schöne Pisa oft auf seinen schiefen Turm reduziert - ein Bild, das wir geraderücken möchten.

Gucken Sie genau!

1 Zeigen Sie auf den Dom von Pisa, der besonders wegen seines schiefen Glockenturms weltberühmt ist.

Für Sprachgewandte

2 Mitten in Pisa: Wo sehen Sie eine »englische Kirche«?

3 Nun suchen Sie auf der Karte nach der italienischsprachigen Weisheit.

4 Wo treffen Sie auf ARNO BOICOTTO? Sie finden es heraus, indem Sie das Anagramm lösen.

Große Namen

5 Finden Sie auf der Karte den Vornamen des Autors von »Der Name der Rose«.

6 Kennen Sie auch den Vornamen des italienischen Komponisten Scarlatti (1685–1757)?

7 Einer der berühmtesten Freiheitskämpfer Italiens war im 19. Jahrhundert Giuseppe ...?

Zählen Sie mal!

8 Zählen Sie auf der Karte alle ausgeschriebenen »Piazza«.

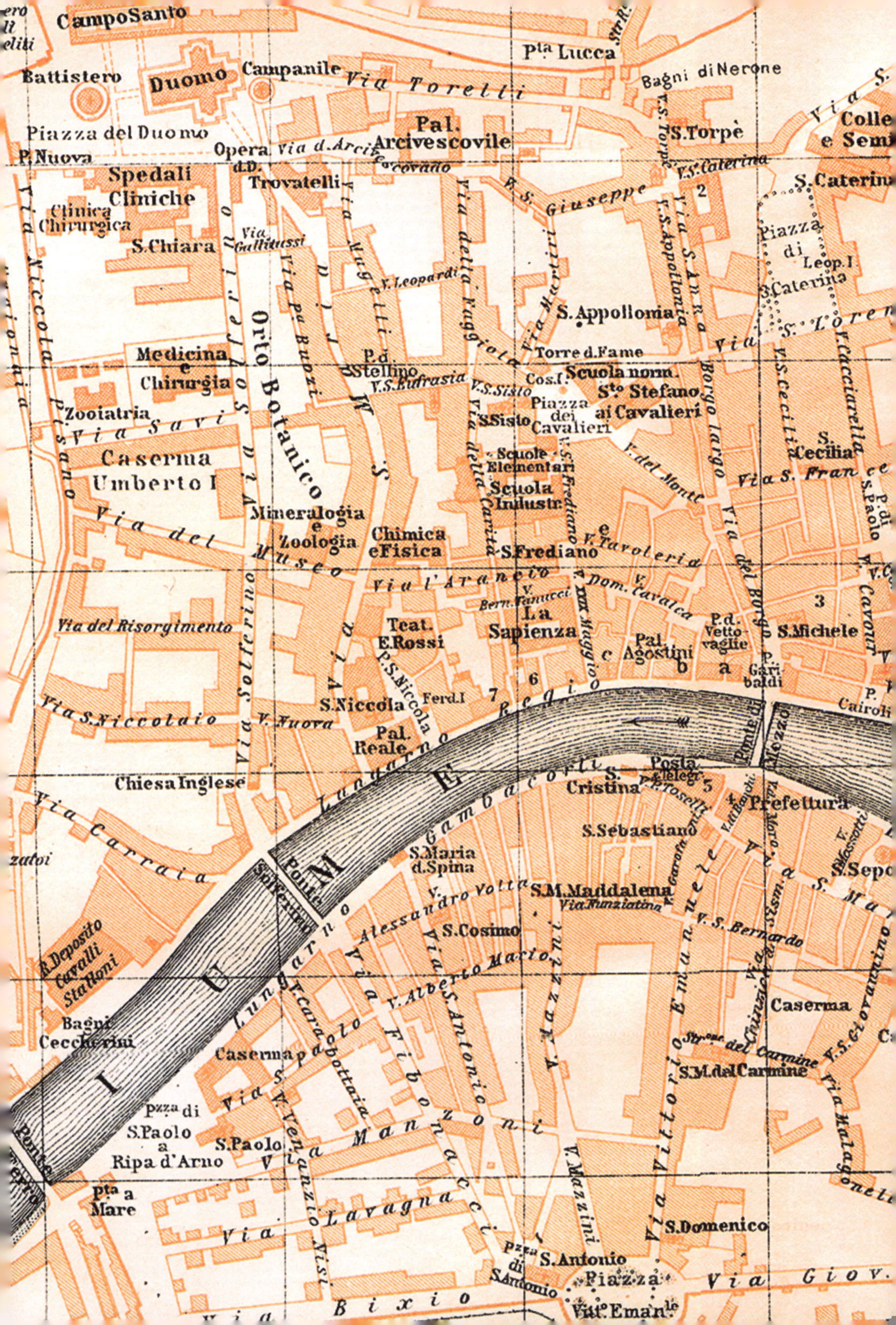
CampoSanto
Battistero
Duomo
Campanile
Via Torelli
Pta Lucca
Bagni di Nerone
Piazza del Duomo
Pal. Arcivescovile
S.Torpè
Colle e Sem
P. Nuova
Opera d.D.
Trovatelli
Spedali Cliniche
Clinica Chirurgica
S.Chiara
S.Caterina
Piazza di Leop. I
S.Appollonia
Torre d.Fame
Scuola norm.
Sto Stefano ai Cavalieri
Piazza dei Cavalieri
Medicina e Chirurgia
Zooiatria
Via Savi
Caserma Umberto I
Orto Botanico
Mineralogia e Zoologia
Chimica e Fisica
Via del Museo
S.Sisto
Scuole Elementari
Scuola Industr.
S.Frediano
S.Cecilia
Via del Risorgimento
Via Solferino
Teat. E.Rossi
La Sapienza
Pal. Agostini
P.d. Vettovaglie
S.Michele
S.Niccola
Pal. Reale
Via S.Niccolaio
V. Nuova
Chiesa Inglese
Via Carraia
Lungarno Regio
Lungarno Gambacorti
Ponte di Mezzo
Ponte Solferino
Posta e telegr.
S. Cristina
Prefettura
S.Sebastiano
S.Maria d.Spina
S.M.Maddalena
S.Cosimo
V. Alessandro Volta
V. Alberto Mario
R. Deposito Cavalli Stalloni
Bagni Ceccherini
Caserma
S.M.del Carmine
Caserma
Via Manzoni
Pzza di S.Paolo a Ripa d'Arno
S.Paolo
Pta a Mare
Via Lavagna
S.Domenico
S.Antonio
Pzza di S.Antonio
Piazza Vitt. Eman.le
Via Bixio
FIUME

17

FEHLERSUCHE IN ROM

Hier sehen Sie zwei Mal die gleiche Darstellung des antiken Roms. Moment mal, die gleiche? Nein, nicht ganz. Entdecken Sie in der unteren Darstellung insgesamt neun Fehler!

Buchstäblich unterschiedlich

1 Welches »Forum« ist auf der unteren Karte hinzugekommen?

2 Wo lesen Sie den Namen eines US-amerikanischen Schauspielers, der da nicht hingehört?

3 An welcher Stelle wurde ein Gebäude buchstäblich verkleinert?

Neubauten im alten Rom

4 Wo auf der unteren Karte wurde ein neuer Obelisk errichtet?

5 Hier wurde illegal ein Haus errichtet – sofort abreißen!

6 Schattenspender in römischer Sonne: An welcher Stelle wurde auf der unteren Karte ein Baum gepflanzt?

Farbenspiele

7 Hier hat jemand was aufs Dach bekommen – und zwar eine andere Farbe.

8 Nanu, wer hat denn hier einen kleinen Teich angelegt?

9 An dieser Stelle ließ der römische Umweltminister Plantus eine neue Grünfläche anlegen.

LIS
FALAS
FORVM
AMPHITHEATR
CAR
S. Iohannis
DOMVS TITI AVG
Tor di conti
Forum transit orum
FORVM Augusti
T. pacis
T. Lun. et sol is
CARINAE
caput Viae sacr.
Ar. constan
PORCIA VDII
CAPVT
S. cos. et Dam
T. Faustinæ
CVRIA Vetus
SVBVRA
S. adriani
VIA SACR
VELIA
PALATINVS
GERMALVS
FORVM
CVRIA
VICVS CVRIARVM
S Gregorij
ARA celi
T. cocordia
SEPTIZONIV
PISCI
CAPIT OLIVM
TVSCAS
MVRCIÆ
Palatium Conseruatorũ
ARS
VIC. IVGARIVS
Forum boari um.
VAL
CIRCVS MAXIMVS
S. prisc
VICVS ARMILVSTRI
S. giorgi
VICVS
THEATER MACELLI
IANT
Scho. graeca

LIS
FALAS
FORVM
AMPHITHEATR
CAR
S. Iohannis
DOMVS TITI AVG
Tor di conti
Forum transit orum
Forum transit orum
FORVM Augusti
T. pacis
T. Lun. et sol is
CARINAE
caput Viae sacr.
Ar. constan
PORCIA VDII
CAPVT
S. cos. et Dam
T. Faustinæ
CVRIA Vetus
SVBVRA
S. adriani
VIA SACR
VELIA
PALATINVS
GERMALVS
FORVM
CVRIA
VICVS CVRIARVM
S Gregorij
ARA celi
T. cocordia
SEPTIZONIV
PISCI
CAPIT OLIVM
TVSCAS
MVRCIÆ
Palatium Conseruatorũ
ARS
VIC. IVGARIVS
Forum boari um.
VAL
CIRCVS MINIMVS
S. prisc
VICVS ARMILVSTRI
S. giorgi
VICVS
THEATER MACELLI
IANT
Scho. graeca

18

ALLE WEGE FÜHREN DURCH ROM

Besuchen Sie auf dieser Karte die italienische Hauptstadt Rom. In der Antike entwickelte sich der damalige Stadtstaat zu einem beeindruckend großen, aber auch von Grausamkeit geprägten Weltreich.

Gucken Sie genau!

1 Entdecken Sie die Via Appia, die Appische Straße?

2 Wie lautet die höchste römische Zahl, die Sie auf der Karte lesen können?

Wer weiß was?

3 Welcher römische Kaiser ließ im 2. Jahrhundert in Großbritannien einen »Wall« errichten?

4 Welches römische Gebäude hatte über 1300 Jahre lang die größte Kuppel der Welt?

5 Wo will der Geist in der Shakespeare-Tragödie »Julius Caesar« den Attentäter Brutus wiedersehen?

Für Sprachgewandte

6 Wo sehen Sie auf der Karte »jungfräuliches Wasser«?

7 Welches Bauwerk auf der Karte ist dem Namen nach »am größten«?

Zählen Sie mal!

8 Lust auf ein Thermalbad? Wie viele ausgeschriebene »Thermae« zählen Sie auf dieser Karte?

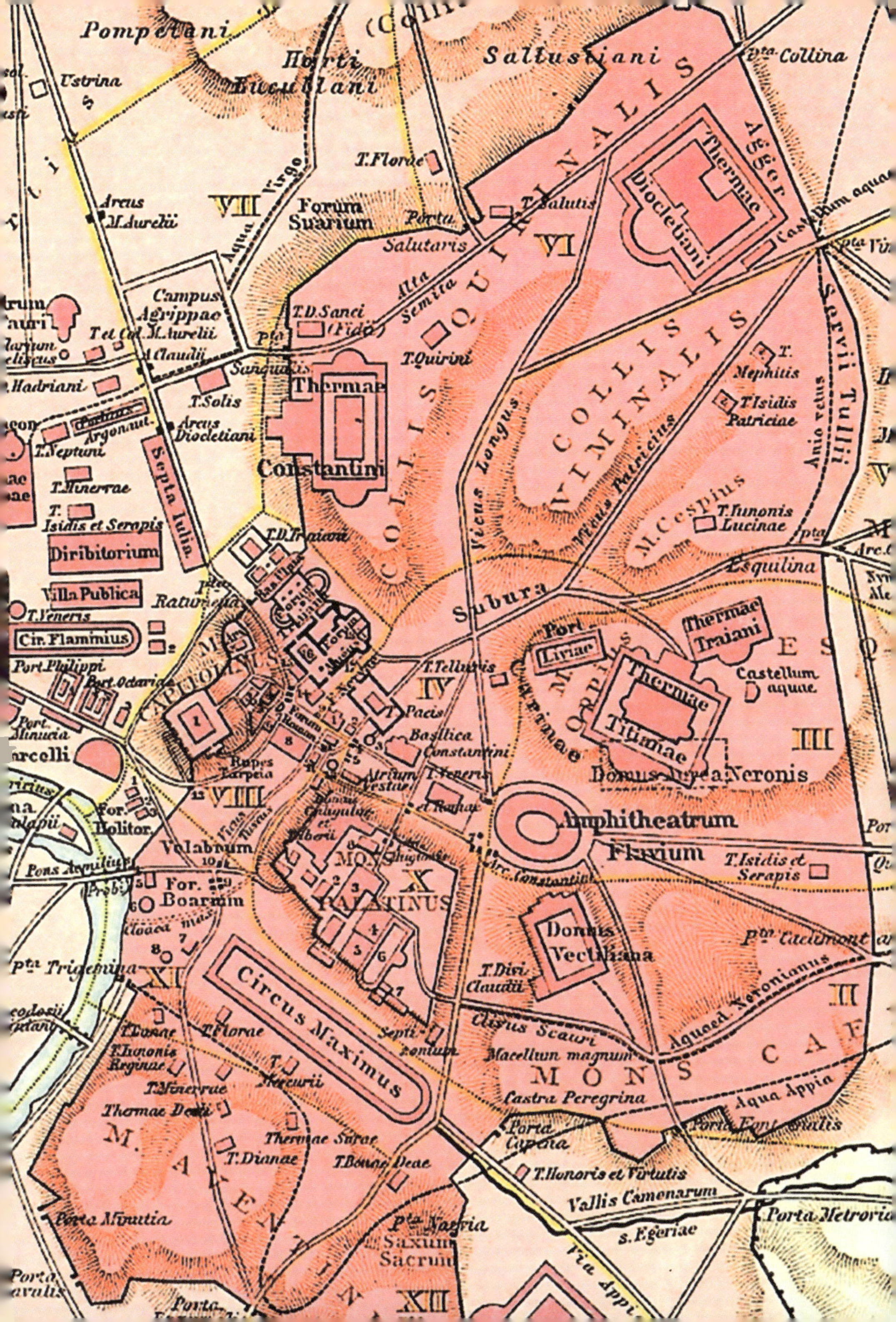
Pompeiani
Horti Luculliani
Sallustiani
Ustrina
Pta. Collina
T. Florae
Thermae Diocletiani
Agger
Castellum aquae
VII
Forum Suarium
Arcus M. Aurelii
Aqua Virgo
Porta Salutaris
T. Salutis
VI
Collis Quirinalis
Campus Agrippae
T. et Col. M. Aurelii
A. Claudii
T. D. Sanci (Fidii)
Alta Semita
T. Quirini
Pta. Sanqualis
T. Solis
Arcus Diocletiani
Thermae Constantini
Servii Tullii
T. Mephitis
T. Isidis Patriciae
Anio vetus
Collis Viminalis
Vicus Longus
Vicus Patricius
M. Cespius
T. Junonis Lucinae
Esquilina
T. Neptuni
T. Minervae
T. Isidis et Serapis
Septa Iulia
Diribitorium
Villa Publica
T. Veneris
Cir. Flaminius
Port. Philippi
Port. Octaviae
T. D. Traiani
Ratumena
Capitolium
Subura
Port. Liviae
Thermae Traiani
Castellum aquae
T. Telluris
IV
T. Pacis
Basilica Constantini
Thermae Titianae
Domus Aurea Neronis
III
Port. Minucia
Rupes Tarpeia
VIII
Atrium Vestae
T. Veneris et Romae
Amphitheatrum Flavium
For. Holitor.
Volabrum
Vicus Tuscus
Mons Palatinus
X
Arc. Constantini
T. Isidis et Serapis
Pons Aemilius
For. Boarium
Cloaca max.
Domus Vectiliana
Pta. Caelimont.
Pta. Trigemina
XI
Circus Maximus
T. Divi Claudii
Aqued. Neronianus
II
Clivus Scauri
T. Lunae
T. Florae
T. Honoris Reginae
Septizonium
Macellum magnum
Mons Cae
T. Minervae
T. Mercurii
Castra Peregrina
Aqua Appia
Thermae Decii
Porta Capena
Porta Fontinalis
M. Aventinus
Thermae Surae
T. Dianae
T. Bonae Deae
T. Honoris et Virtutis
Vallis Camenarum
Porta Metronia
Porta Minutia
Pta. Naevia
Saxum Sacrum
s. Egeriae
Via Appia
XII
Porta

19

ANGETAN VOM VATIKAN

Der Staat Vatikanstadt ist mit einer Fläche von lediglich 0,44 km² der kleinste Staat der Erde. Mit dem Petersdom und weiteren faszinierenden Bauwerken hat er aber auch auf dieser Karte von 1914 Großes zu bieten!

Gucken Sie genau!

1 Wo lesen Sie auf der Karte das Wort »Vialone«?

2 An welcher Stelle befindet sich die »Sagrestia« – die Sakristei – des Petersdoms?

3 Zeigen Sie auf den Vatikanischen Obelisken.

Gut in Form?

4 Von wo auf der Karte haben wir diesen Ausschnitt entnommen?

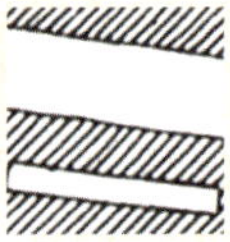

Wer weiß was?

5 Welche Straße auf der Karte wurde nach Papst Pius IV. benannt?

6 Welches Wort auf der Karte bezeichnet ein mehrschiffiges Kirchengebäude?

Für Sprachgewandte

7 Welcher Straßenname, der auf der Karte zu lesen ist, bedeutet wörtlich übersetzt »Türstraße«?

8 Wo auf der Karte steht ADAMO S.? Lösen Sie das Anagramm, um den italienischen Signore aufzuspüren.

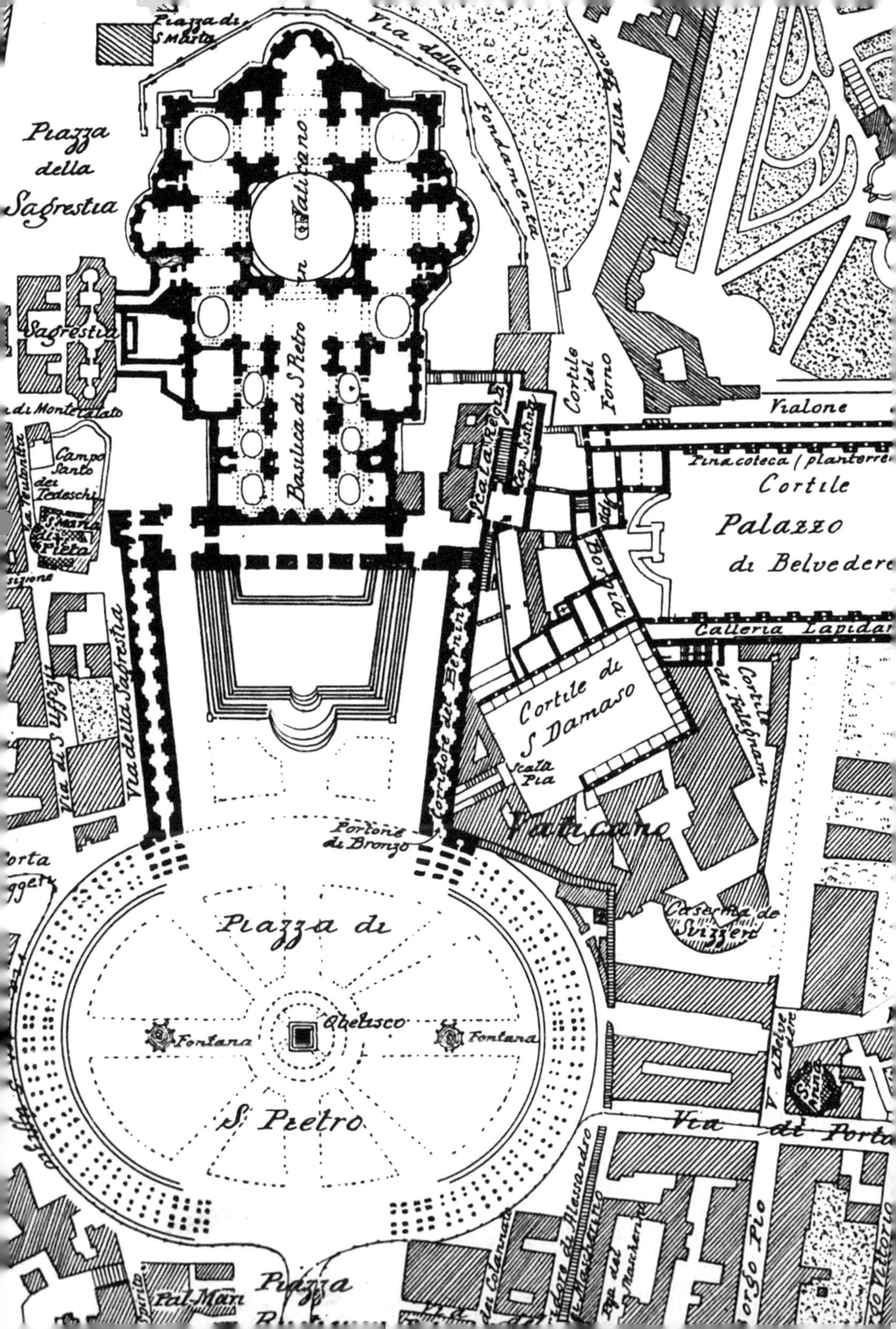
Piazza di S. Marta
Via della Fondamenta
Via della Zecca
Piazza della Sagrestia
Basilica di S. Pietro in Vaticano
Sagrestia
di Monte Calvario
Campo Santo dei Tedeschi
Cortile del Forno
Scala Regia
Cap. Sistina
Vialone
Pinacoteca (pianterreno)
Cortile Palazzo di Belvedere
Galleria Lapidaria
Via della Sagrestia
Corridore di Bernini
Cortile di S. Damaso
Scala Pia
Cortile de' Falegnami
Vaticano
Portone di Bronzo
Caserma de Svizzeri
Piazza di S. Pietro
Obelisco
Fontana
Fontana
Via di Porta
Borgo Pio
Piazza
Pal. Mar.

20

BELLA NAPOLI

Neapel, die drittgrößte Stadt Italiens, wurde als Neapolis von den Griechen gegründet und ist heute die Hauptstadt der italienischen Region Kampanien.

Gucken Sie genau!

1 Zeigen Sie auf den Vulkan Vesuv.

Wer weiß was?

2 Wo auf der Karte besichtigen Sie die berühmte »Blaue Grotte«?

3 Welche Stadt steht heute an der Stelle des 79 n. Chr. beim letzten großen Ausbruch des Vesuvs verschütteten Herculaneum?

Zählen Sie mal!

4 Fahren wir mal eben zur Tanke: Wie viele Symbole von Tankstellen zählen Sie auf der Karte?

5 Zählen Sie alle Ortschaften, die mit dem Buchstaben M beginnen.

21 *TANZ AUF DEM VULKAN*

Im Vesuv soll einst der römische Feuergott Vulcanus gehaust haben. Der letzte Ausbruch erfolgte 1944. Seither erzeugt der Vulkan nur Fumarolen oder sorgt für leichte Beben – sowie knifflige Fragen!

Für Sprachgewandte

1 Welcher Ortsname bedeutet auf Italienisch »Schloss«?

2 Nun wird es etwas blumig: Suchen Sie einen Ort, der aus dem Italienischen übersetzt »Blume« heißt.

Gut in Form?

3 Beim letzten Vulkanausbruch ist dieser Ausschnitt aus der Karte weggebrochen – aber an welcher Stelle?

Zählen Sie mal!

4 Über wie viele Gebäude verfügt – gemäß Karte – der Ort Massa (in dieser historischen Karte vorn mit einem langen s geschrieben)?

22

ETWAS ENG AN DER STIEFELSPITZE

Betrachtet man Italien von ganz weit oben, ist die Insel Sizilien gewissermaßen der Ball, der von der kalabrischen Stiefelspitze gekickt wird. Die Meerenge zwischen Kalabrien und Sizilien wird »Straße von Messina« genannt.

■ Gucken Sie genau!

1 Welche Stadt ist Namensgeber der Straße von Messina?

2 Wo auf der Karte verorten Sie den Vulkan Stromboli?

3 Im Süden Italiens: Besuchen Sie den etwas anderen Vatikan.

■ Große Namen

4 Besuchen Sie auf der Karte eine englische Schriftstellerin des 19. Jahrhunderts (Vorname: Charlotte).

5 Nun finden Sie den Vornamen des 1958 geborenen italienischen Tenors Bocelli.

■ Für Sprachgewandte

6 Welcher Ortsname auf der Karte bedeutet aus dem Italienischen übersetzt »Straße«?

7 Bei welchem Ort muss man sich bei wörtlicher Übersetzung vor einem Berglöwen fürchten?

■ Wer weiß was?

8 Wo befindet sich der höchste aktive Vulkan Europas?

9 Finden Sie auf der Karte die Bezeichnung eines italienischen Gebirgszugs.

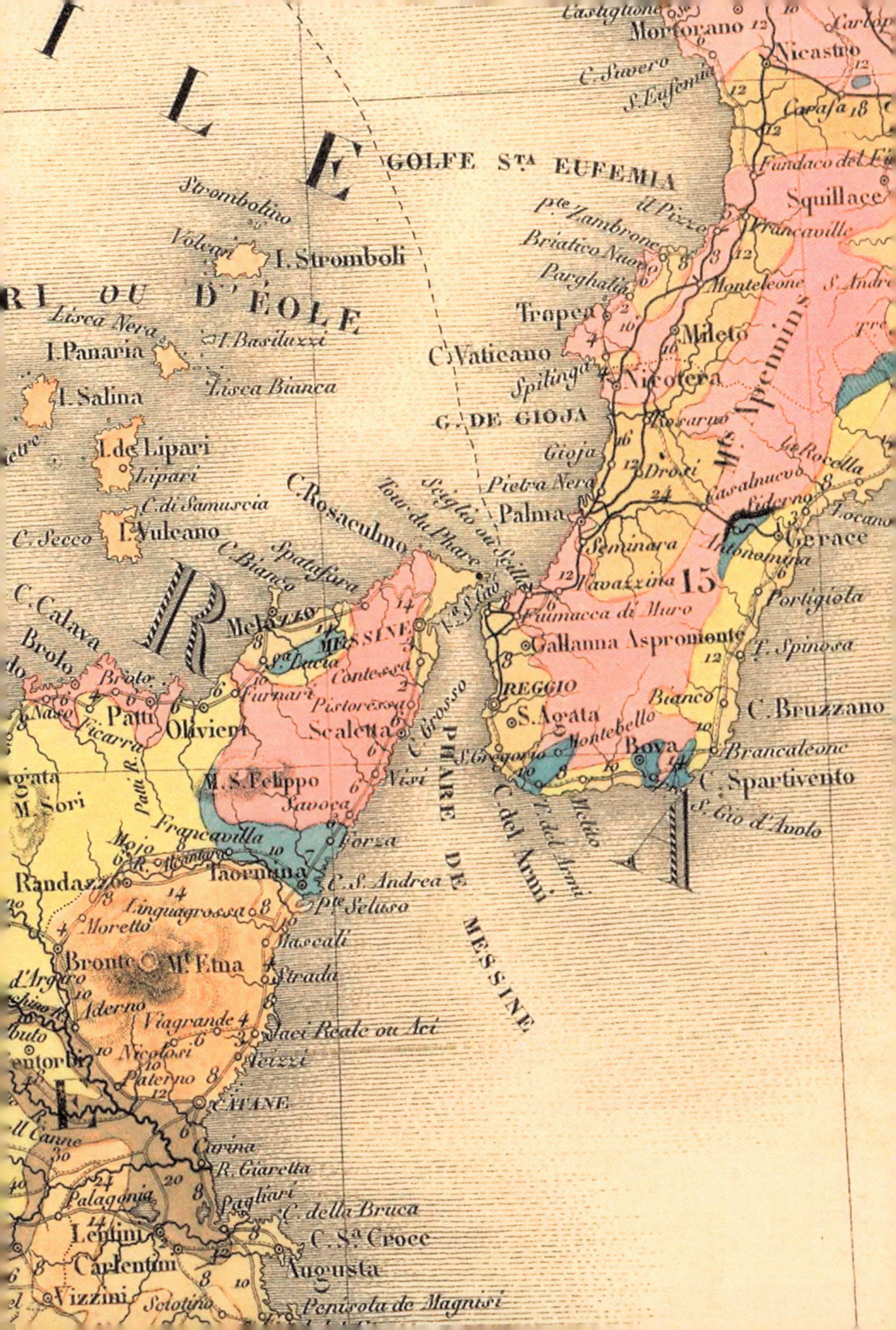

GOLFE St.a EUFEMIA
I. Stromboli
Strombolino
Volcari
RI OU D'EOLE
Lisca Nera
I. Panaria
I. Basiluzzi
Lisca Bianca
I. Salina
I. de Lipari
Lipari
C. di Samuscia
C. Secco
I. Vulcano
C. Bianco
C. Rosaculmo
Tour du Phare
Scaglio ou Scilla
Spatafara
C. Calava
Brolo
Melazzo
MESSINE
Sta Lucia
Contessa
Furnari
Pistoressa
Patti
Oliveri
Ficarra
Scaletta
M. S. Felippo
Savoca
M. Sori
Francavilla
Forza
Nisi
C. Grosso
PHARE DE MESSINE
Randazzo
Taormina
C. S. Andrea
Pte Seluso
Linguagrossa
Moretto
Bronte
Mt. Etna
Aderno
Viagrande
Jaci Reale ou Aci
Nicolosi
Paterno
CATANE
R. Giaretta
Pagliari
C. della Bruca
Palagonia
Lentini
C. Sta Croce
Carlentini
Augusta
Vizzini
Penisola de Magnisi
Mortorano
Nicastro
C. Suvero
S. Eufemia
Carafa
Fundaco del Fi
Squillace
il Pizzo
Pte Zambrone
Francavilla
Briatico Nuovo
Parghalia
Monteleone
Trapea
Mileto
C. Vaticano
Spilinga
Nicotera
G. DE GIOJA
Rosarno
Mt. Apennins
Gioja
Drosi
la Rocella
Pietra Nera
Palma
Casalnuovo
Siderno
Seminara
Gerace
Antonomina
Favazzina
15
Portigiola
Fiumacca di Muro
Gallanna Aspromonte
T. Spinosa
REGGIO
S. Agata
Bianco
C. Bruzzano
Montebello
Bova
Brancaleone
S. Gregorio
C. Spartivento
C. del Armi
Melito
S. Gio d'Avolo

23

SKYLINE-RÄTSEL: REISE DURCH EUROPA

Unternehmen Sie nun eine Reise durch ganz Europa und besuchen Sie neun Hauptstädte sowie einen Stadtstaat. Gelingt es Ihnen, die zehn Beschreibungen den richtigen Skylines zuzuordnen?

1 Diese an der Mündung des Flusses Tejo gelegene Stadt ist die westlichste Hauptstadt des europäischen Kontinents, denn das isländische Reykjavik liegt geologisch bereits auf der Nordamerikanischen Platte.

2 Diese skandinavische Hauptstadt ist erst seit dem Jahr 1643 eine Königsresidenz.

3 Die bevölkerungsreichste Stadt der Europäischen Union verfügt über ein »Rotes Rathaus« und eine berühmte Mauer.

4 Durch diese europäische Hauptstadt fließt die Donau. Der erste Namensteil bedeutet übersetzt »Ofen«.

5 Auf dem belebten Markplatz dieser Stadt verschaffte sich im 5. Jahrhundert v. Chr. der Philosoph Sokrates Gehör.

6 Eine Sehenswürdigkeit in dieser Stadt ist die Kleine Meerjungfrau, die nach einem Märchen von Hans Christian Andersen gestaltet wurde.

7 Diese Stadt am Nordufer des Marmarameers hieß in der Antike zunächst Byzantion.

8 Diese Stadt war einst die Hauptstadt eines bedeutenden Weltreichs, das vom 17. bis ins 20. Jahrhundert währte.

9 Dieser Stadtstaat inmitten Europas hat nur etwa 1000 Einwohner.

10 Im Jahr 1348 wurde in dieser Stadt die erste Universität Mitteleuropas gegründet.

A

B

C

D

E

F

G

H

I

J

FLAGGE ZEIGEN IM NORDEN AFRIKAS

Im nördlichen Teil des Kontinents Afrika liegen zahlreiche Staaten, die Sie vom Namen her bestimmt kennen. Aber können Sie auch die Landesflaggen dem jeweiligen Staat korrekt zuordnen?

1 Die Flagge Ägyptens weist unter anderem Streifen in den Farben Rot, Weiß und Schwarz auf.

2 Die gelbe Farbe in der Flagge Malis steht für Bodenschätze und Reinheit.

3 Auf der Flagge des nordafrikanischen Staates Libyen sind Halbmond und Stern zu sehen.

4 Das Blau in der Landesflagge Eritreas spielt auf die Lage am Roten Meer an.

5 In der Mitte der äthiopischen Flagge ist ein Pentagramm abgebildet.

6 Das Rot auf der marokkanischen Flagge steht für die Farbe der Aliden und bezieht sich auf die Scherifen von Mekka, die fast 1000 Jahre lang die Herrscher von Mekka stellten.

7 Die Flagge des Sudan enthält ein grünes Dreieck, das für den Islam steht.

8 Der Halbmond auf der Flagge Algeriens wird auch von zahlreichen anderen Staaten mit überwiegend islamischer Bevölkerung verwendet.

A

B

C

D

E

F

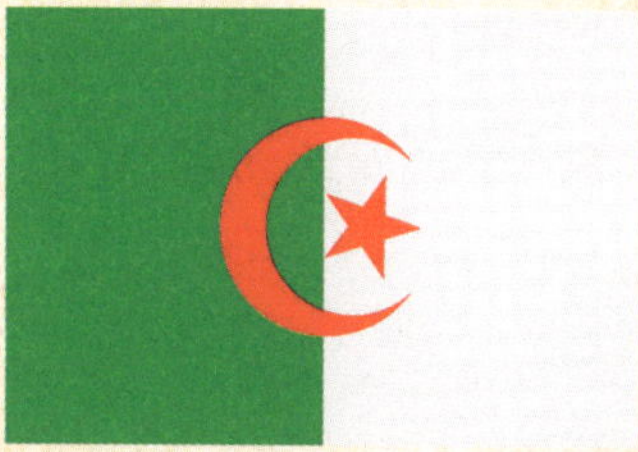

G

H

25

AM KAP DER GUTEN HOFFNUNG

Wir begeben uns zum Kap der Guten Hoffnung an der Südspitze Afrikas. Nördlich des Kaps liegt das heutige Kapstadt mit dem Tafelberg. Erkunden Sie die Gegend auf einer historischen Karte.

Gucken Sie genau!

1 Stöbern Sie auf der Karte nach dem »Tafelberg«.

Für Sprachgewandte

2 Welche Landtiere außer Löwen (»Lion«) und Tiger (»Tigres«) finden Sie noch auf der Karte?

3 Und nun entdecken Sie auf der Karte noch ein Meerestier.

Zählen Sie mal!

4 Wie viel Mal lesen Sie auf der Karte die – Achtung! – Ziffer 5?

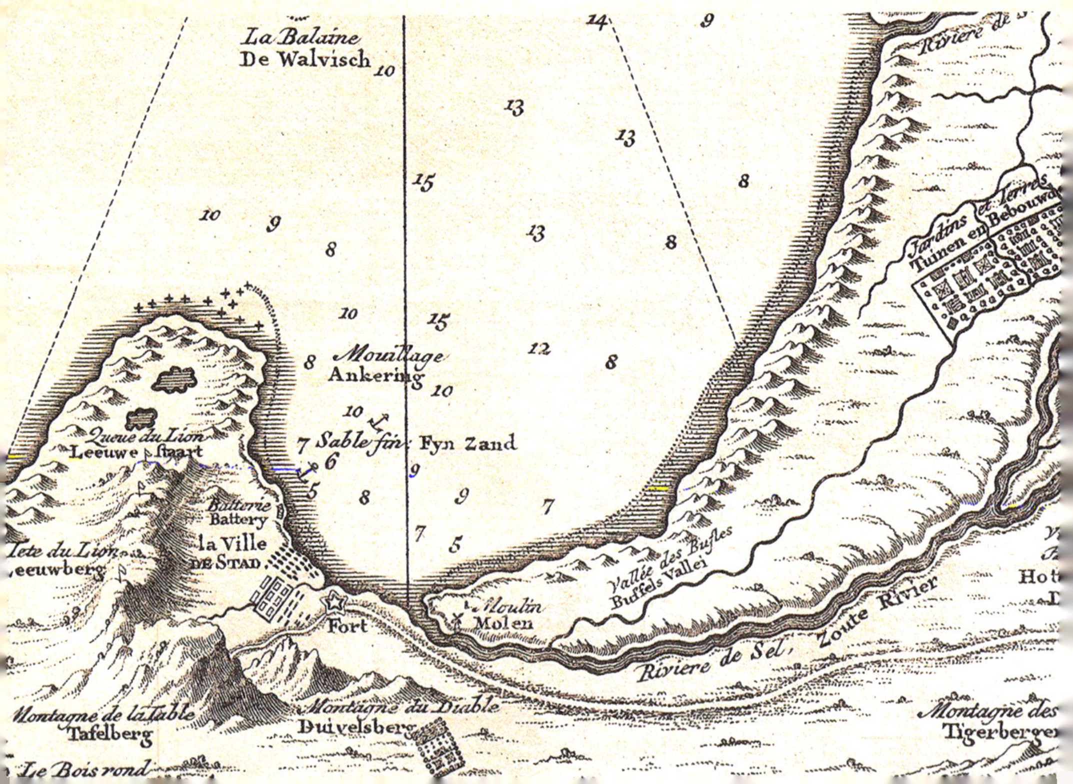

26

ENTDECKUNGSREISE ZU DEN SEYCHELLEN

Die Seychellen sind eine aus über 100 Inseln bestehende Inselgruppe im Indischen Ozean. Südöstlich von Afrika gelegen zählen Sie zum afrikanischen Kontinent.

Für Sprachgewandte

1 Wo auf der Karte sehen Sie »sieben Brüder«?

Wer weiß was?

2 Entdecken Sie auf der Karte ein berühmtes Chanson des französischen Sängers Charles Trenet (1913–2001).

3 Welche Inseln wurden 1502 vom portugiesischen Seefahrer Vasco da Gama entdeckt und als »Admiralitätsinseln« bezeichnet?

4 Finden Sie südöstlich der Seychellen ein großes Flachwassergebiet, dessen Wassertiefe häufig weniger als zehn Meter beträgt.

5 Welches Atoll wurde 1730 nach einem französischen Ritter benannt?

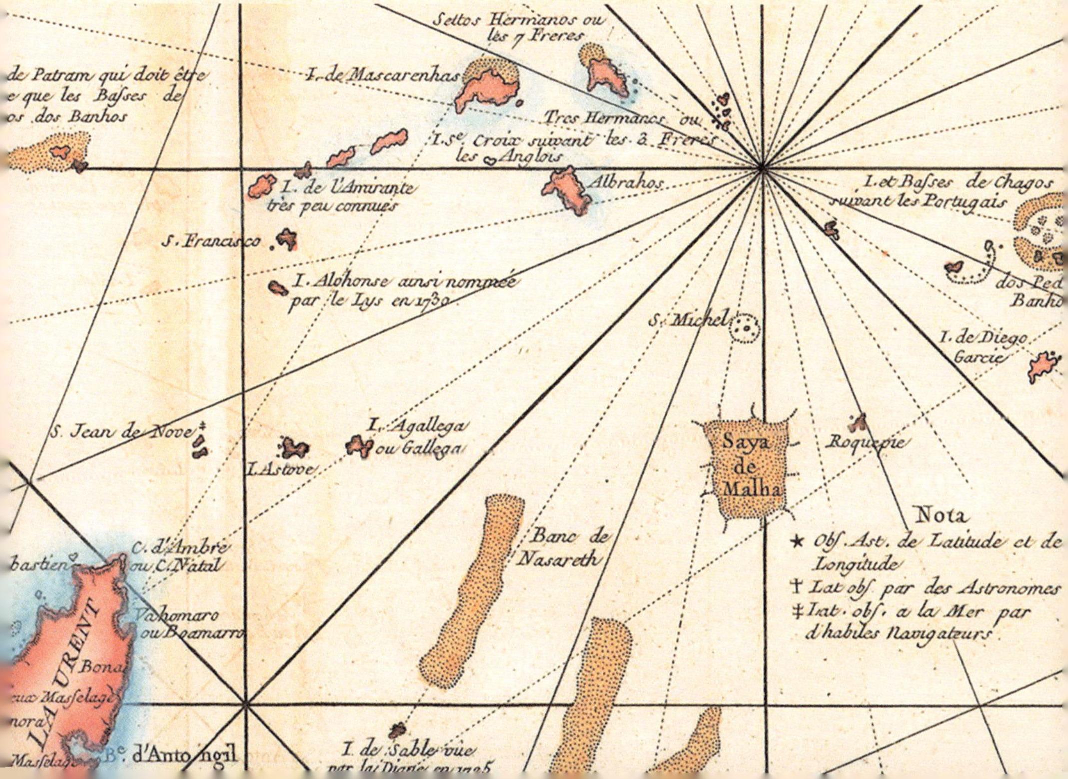

27

IM OSTEN AFRIKAS

Streifen Sie wie die großen Entdecker des 19. Jahrhunderts durch den östlichen Teil des afrikanischen Kontinents. Erklimmen Sie den Kilimandscharo und bestehen Sie große Abenteuer!

Gucken Sie genau!

1 Besuchen Sie auf der Karte Mombasa, das nach Nairobi die zweitgrößte Stadt Kenias ist.

2 Als Nächstes erklimmen Sie den Kilimandscharo, ein Bergmassiv im Nordosten Tansanias.

3 Wo lesen Sie auf der Karte das Wort »Volcano« (Vulkan)?

Für Sprachgewandte

4 Suchen Sie auf der Karte nach englischem Elfenbein.

5 Wo auf der Karte steht ein englischer Baum?

Gut in Form?

6 Gehen Sie auf eine afrikanische Entdeckungsreise: Von wo auf der Karte stammt dieser Ausschnitt?

Zählen Sie mal!

7 Wie viel Mal lesen Sie auf der Karte das Wort »Querimba«?

8 Zeigen Sie auf den Ortsnamen, der von allen am wenigsten Buchstaben hat.

L. Baringo
Mt Kænia
Volcano
R. Dana
L. Nyanza
Ukerewe I.
Urudi
Mazita I.
Archipelago
Muanza
Ukumbi
Urima
Salawe
Usukuma
Nindo
Ukuni
Ukamba
Ibanda
Panda
Mfuto
Kazeh
Kigwa
Rubugo
Tura
Mgongo Thembo
Ivory Mart
Khoko
Kanyenye
Ugogi
Ziwa
Mugumbi
Ikuko
Zungomero
R. Rufiji or Lufiji
R. Adi
Sabaki R.
Patta
Mt Kilimanjaro
Arusha
Kisongo
Eri
L. Arusha
Pare
L. Masinde
Jowu
R. Owyombo
Mombaza
Chala Pt
C. Waseen
C. Hay
Pemba I.
Nassoon Pt
Pangany
ZANZIBAR I.
Zanzibar
R. Sadana
Wadoa
Kisewa
Latham
Moresby Pt
Montia I.
Tree I.
Songa I.
Quiloa Har.
Songa Manara I.
P. Nongwa
Lindy
R. Lindy
Kingara
Luigo
Dajua
R. Luigo
Dwowe
Manundi
Wambungo
Mbungo R.
Mungindo
Kitope R.
Lukelingo
Jao
L. Kilwa
Kingombe
R. Livuma
R. Mezamba
Querimba
Monteves R.
Pomba R.
Mazavamba
Grassy Plains
Longa I.
Anaza I.
Nomba I.
Mutine I.
Zanga I.
Querimba Isles
Ibo I.
Mattos I.
Pondo Pt
Sorisa Pt

28

RUND UM ALEXANDRIA

Die heutige ägyptische Millionenstadt Alexandria wurde 331 v. Chr. vom makedonischen Feldherrn Alexander dem Großen gegründet.

Gucken Sie genau!

1 Entdecken Sie auf der Karte einen Palast.

Wer weiß was?

2 Wo wurde 1799 das Bruchstück einer Stele gefunden, das maßgeblich zur Entschlüsselung der ägyptischen Hieroglyphen beitrug?

3 Wer besiegte 1798 in der Seeschlacht von Abukir die französische Mittelmeerflotte?

4 Zeigen Sie auf den Standort der größten Bibliothek der Antike.

Zählen Sie mal!

5 Wie oft lesen Sie das Wort »Geziret« in ausgeschriebener Form?

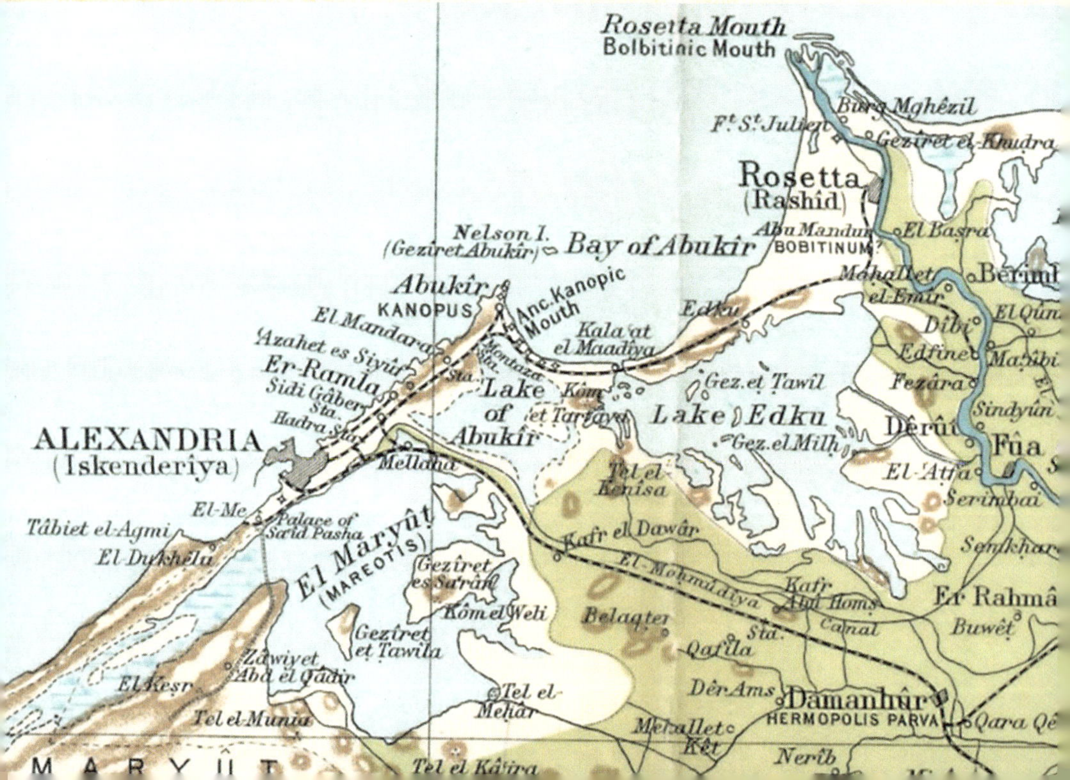

29

WALKING IN MEMPHIS

Auf den überall noch sichtbaren Spuren der ägyptischen Pharaonen schicken wir Sie nun die Wüste - aber mit einem durchaus moderneren Soundtrack!

Wer weiß was?

1 Finden Sie auf der Karte den Städtenamen des langjährigen Wohnorts von Elvis Presley, an dem er 1977 auch verstarb.

2 Bleiben wir musikalisch: Boney M. landete 1978 einen internationalen Hit mit »Rivers of ...«?

3 Gleich zwei Mal: Welche beiden Orte wurden nach der griechischen Göttin der Liebe und Schönheit benannt?

Gut in Form?

4 Werden Sie fündig? Von wo auf der Karte stammt dieser Kartenausschnitt?

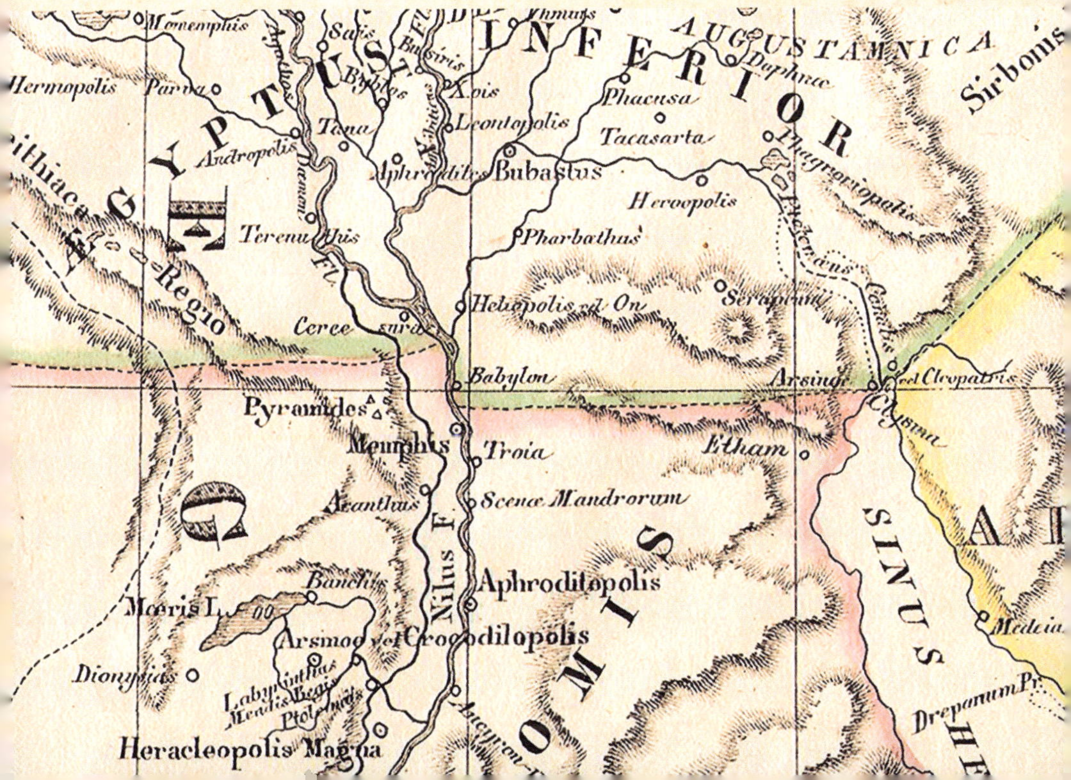

DIE SIEBEN WELTWUNDER DER ANTIKE

Von den sieben Weltwundern der Antike existieren heute nur noch die Pyramiden von Gizeh. Gelingt es Ihnen dennoch, auf dieser Karte ohne jeglichen Eintrag - einer stummen Karte - die Standorte aller sieben Weltwunder zu lokalisieren?

1 Die Hängenden Gärten der Semiramis waren eine aufwändige Gartenanlage am Fluss Euphrat.

2 Diese rund 30 m hohe Bronzestatue wurde im Jahr 292 v. Chr. fertiggestellt. Rund 65 Jahre später stürzte sie bei einem Erdbeben wieder ein.

3 König Mausolos prägte mit seinem prachtvollen Grabmal, das zu den sieben Weltwundern gezählt wurde, den Begriff Mausoleum.

4 Dieser Leuchtturm auf der Insel Pharos soll der erste Leuchtturm überhaupt gewesen sein. Er war schätzungsweise bis zu 160 m hoch.

5 Die Pyramiden von Gizeh sind nicht nur eines der sieben antiken Weltwunder, sondern zählen schon seit 1979 zum Weltkulturerbe.

6 Der Tempel der Artemis soll von den mythischen Amazonen gegründet worden sein und gehörte zu den größten Tempelbauten.

7 Die 13 m hohe Statue des Zeus wurde im 5. Jahrhundert v. Chr. vom griechischen Bildhauer Phidias geschaffen.

31

IM HEILIGEN LAND

Versetzen Sie sich zurück in biblische Zeiten und bereisen Sie das Heilige Land. Einige Bibelkenntnisse würden Ihnen bei den folgenden Rätseln sicher dienlich sein, aber geografische Kenntnisse bringen Sie noch weiter!

Gucken Sie genau!

1 Wo auf der Karte lesen Sie den Namen Maria, und zwar nicht als Bestandteil eines anderen Wortes?

2 Zeigen Sie auf die Stadt Gaza.

Wer weiß was?

3 Wo liegt das Tote Meer?

4 Zeigen Sie auf eine berühmte antike Felsenstadt. Tipp: Die gesuchte Stadt ist nicht in Meeresnähe gelegen.

5 Ein Gleichnis aus dem Lukasevangelium handelt von einer barmherzigen Person aus ...?

Zum Querdenken

6 Um welche Stadt wurde zu biblischen Zeiten ganz schön viel Lärm gemacht?

Große Namen

7 Welche Stadt auf der Karte wurde nach einem berühmten römischen Herrscher benannt?

Gut in Form?

8 Ganz schön viele Berge! Erkennen Sie dennoch, wo wir diesen Kartenausschnitt entnommen haben?

MARE MAGNVM.
CAESAREA
Stratonis, uel Palestinæ.
Michmetat
SAMARIA.
Samaria.
Gilboa mont.
Diospolis Lidda.
IOPPE.
Antipatris.
AZOTVS Asdod.
ASCALON.
HIRVSALEM.
Bethania.
Iericho.
Iordanis Flu.
Bethel.
Emaus.
Iebusei.
IVDA.
Amorei.
Sinei.
IVDÆA.
Engedi
Gemela reg.
LACUS PHALTITES, uel MARE MORTVVM, aut SALSVM.
ANTHEDON Agrippias.
GAZA. Azza.
Beersaba
Philistim.
Edom.
RHINOCORVRA.
CASIOTIS.
Seir montes.
Cadesbarnea.
Hor mons.
Petra.
Catachrysea.
Disabad.
Idumea.
Theman.
Dedan. Dodanim.
Colchiel.
Gebalene regio.
Sepulchrum Pompei
Sepher Mons.
Saracene regio.
Munichiatis.
ZIN uel CADES.
Arabia Nabathea.
Petra Sela.
Pharan.
Gidgad mons.
Hor mons.
Mons Sinai.
Mons Oreb.
Raphidi.
Latebatha.
Palmetum.
Zin uel Cades de
Maria.

KREUZ UND QUER DURCH ISRAEL

Stellen Sie sich vor, Sie durchstreifen mit einer Kamelkarawane Israel und die umliegenden Gebiete. Da bekommen Sie einiges zu sehen und von einer Band mit biblischem Namen auch etwas zu hören.

Gucken Sie genau!

1 Suchen Sie auf der Karte eine Frau namens Joana – natürlich ist es hier ein Ortsname.

2 Nehmen Sie auf der Karte den »Bus«.

Wer weiß was?

3 Welcher Ortsname wird meistens gleichzeitig mit Sodom genannt?

4 Welche Band hatte in den 1970er-Jahren mit »Love Hurts« ihren größten Hit?

5 In welcher Stadt befindet sich unter anderem der Felsendom?

Zum Querdenken

6 Wo auf der Karte würde ein Engländer am ehesten eine Sünde vermuten?

7 Möchten Sie einen amerikanischen Staatsbürger treffen? Dann begeben Sie sich in einen US-Bundesstaat.

Zählen Sie mal!

8 Eine kleine Wüstenei: Wie oft lesen Sie auf der Karte das Wort »Desertum« (Wüste) – ohne dass es am Rand abgeschnitten ist?

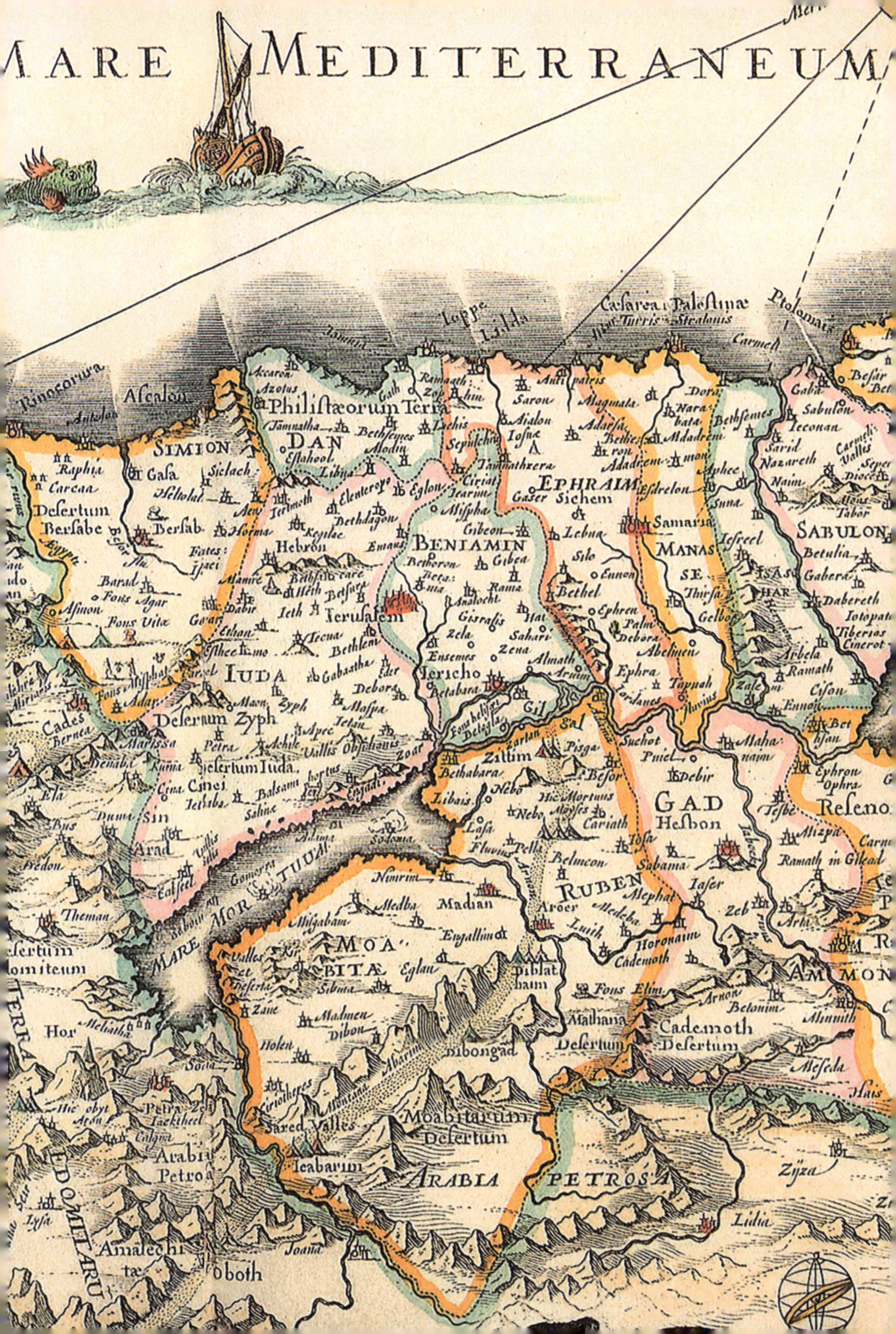
MARE MEDITERRANEUM
Rinocorura
Ascalon
Ioppe
Lidda
Cæsarea Palestinæ
Ptolomais
Carmel
Accaron
Azotus
Philistæorum Terra
DAN
SIMION
Raphia
Carcaa
Desertum Bersabe
Gasa
Bersab
Hebron
Ierusalem
Bethlem
IUDA
Desertum Zyph
Desertum Iuda
Cades Bernea
Marissa
Arad
Theman
BENIAMIN
Iericho
EPHRAIM
Sichem
Samaria
MANASSE
Bethel
SABULON
Nazareth
Betulia
Gabera
Arbela
Ramath
GAD
Hesbon
RUBEN
Nebo
Pisga
Besor
MARE MORTUUM
MOABITÆ
Madian
Medba
Eglan
Cademoth Desertum
AMMON
Ramath in Gilead
Moabitarum Desertum
ARABIA PETROSA
Arabia Petrea
Iebarim
Sared Valles
Amalechitæ
Oboth
Lidia
Zyza

33

REISE NACH JERUSALEM

Jerusalem beherbergt wichtige religiöse Stätten gleich dreier Weltreligionen: des Christentums, des Islams und des Judentums. Besichtigen Sie auf dieser Karte die geschichtsträchtige Altstadt Jerusalems.

Für Sprachgewandte

1 Wo auf der Karte wandelt ein englischsprachiger Grieche?

Wer weiß was?

2 Besuchen Sie in Jerusalem einen orientalischen Markt.

3 Wo auf der Karte wird der Geburtsort Jesu bezeichnet?

Zählen Sie mal!

4 Wie oft zählen Sie das Wort »Gate« (auch als Wortbestandteil)?

5 Und wie viele »Tower« finden Sie auf der Karte?

34

ZUR KRIPPE HER KOMMET …

In einem Stall in Bethlehem soll Jesus Christus geboren worden sein – der Beginn der christlichen Zeitrechnung. Begeben Sie sich zurück in diese Zeit und beantworten Sie einige knifflige Rätselfragen.

Gucken Sie genau!

1 Suchen Sie auf der Karte nach der »Route«.

Gut in Form?

2 Von wo auf der Karte stammt denn dieser Ausschnitt?

Zählen Sie mal!

3 Wie oft lesen Sie auf der Karte das französische Wort »de« (von)? Hinweis: »des« werden nicht mitgezählt, ebenso keine Abkürzungen.

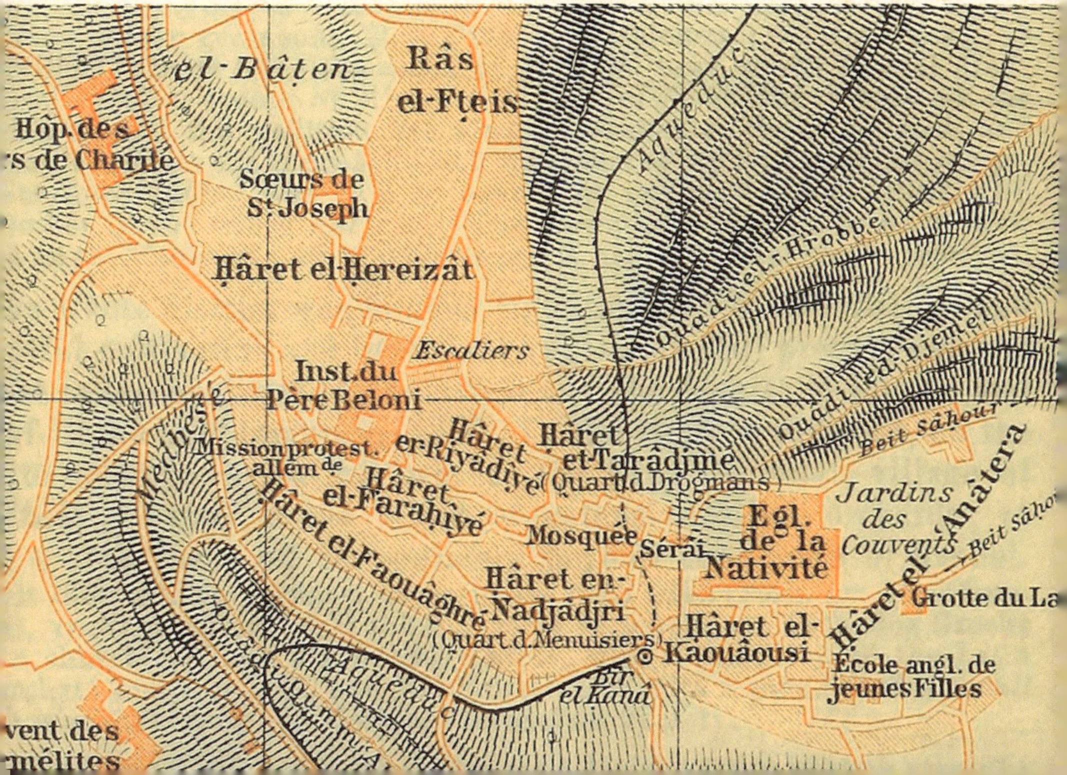

35

DEM NAHEN OSTEN GANZ NAH

Im Nahen Osten gab es frühe Hochkulturen, im Zweistromland wurde sogar der Garten Eden verortet. Doch gab und gibt es dort auch weniger paradiesische Ereignisse. Wie gut kennen Sie sich aus?

Wer weiß was?

1 Das Zweistromland hat seinen Namen von Euphrat und ...?

2 Die größte Stadt des Irak ist Bagdad – und welche ist die zweitgrößte?

3 Welche heute iranische Stadt spielt eine wichtige Rolle im Roman und Film »Der Medicus« von Noah Gordon?

4 Zeigen Sie auf das Emirat, in das am 2. August 1990 irakische Truppen einmarschierten, was zum Zweiten Golfkrieg führte.

Für Sprachgewandte

5 Wo auf der Karte befindet sich MARK HASHIN? Lösen Sie das Anagramm, um ihn zu finden.

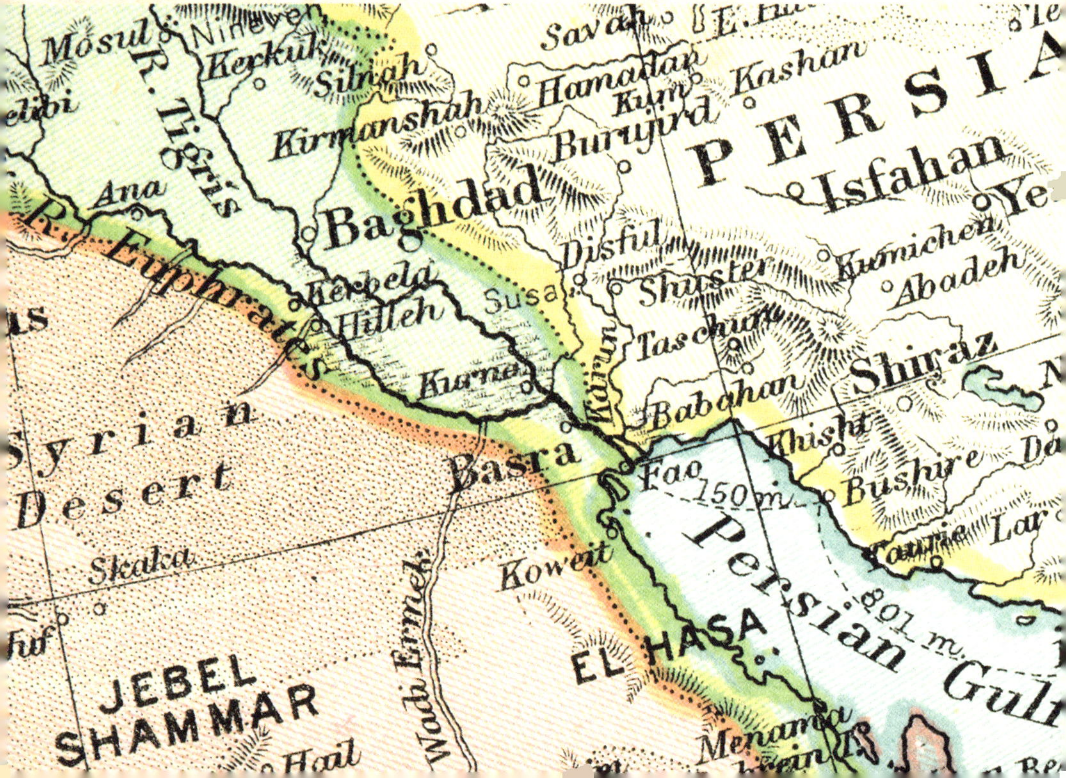

36

AN DER STRASSE VON HORMUS

Der Persische Golf erstreckt sich über eine Länge von rund 1000 km zwischen dem Iran und der Arabischen Halbinsel. Über die Straße von Hormus ist er mit dem Golf von Oman verbunden.

Zum Querdenken?

1 Wo sehen Sie einen eingekürzten Fluss?

Wer weiß was?

2 Wo auf der Karte lesen Sie den Namen einer der erfolgreichsten Bands der Musikgeschichte? Kleiner Tipp: Wer A sagt, muss auch B sagen!

3 Nun zu einem Vornamen: Wo ist der Vorname des 44. US-Präsidenten Obama versteckt?

Zählen Sie mal!

4 Wie viel Mal kommt in den Bezeichnungen auf der Karte ein Doppel-o vor?

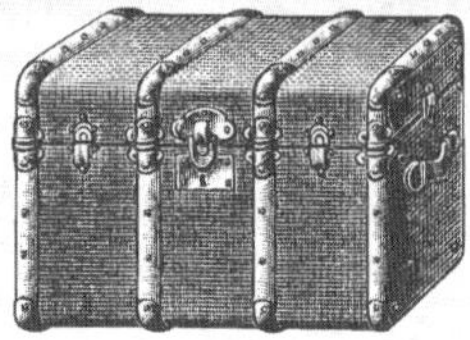

FLAGGE ZEIGEN IN ASIEN

Wir begeben uns in die östlichen Länder Asiens und betrachten einige der dortigen Landesflaggen. Schaffen Sie es mithilfe der kurzen Beschreibungen, jede Landesflagge dem richtigen Staat zuzuordnen?

1 Die 1917 von König Rama VI. eingeführte Flagge Thailands zeigt die Farben Rot, Blau und Weiß.

2 Die Flagge des Sultanats Brunei zeigt unter anderem ein rotes Hoheitszeichen.

3 Nordkoreas Flagge wurde bereits im Jahr 1948 eingeführt. Zu sehen ist unter anderem ein Stern, der für den Kommunismus steht.

4 Die Flagge der Demokratischen Volksrepublik Laos enthält in der Mitte einen Kreis.

5 Japan, das Land der aufgehenden Sonne, zeigt auf seiner Landesflagge den Sonnenkreis.

6 Die Flagge Malaysias heißt in der Landessprache »Jalur Gemilang«, was »glorreiche Streifen« bedeutet.

7 Auf der Flagge Südkoreas sind Symbole für Himmel, Wasser, Feuer und Erde zu finden.

8 Der Stern der Flagge Vietnams – einer noch heute sozialistischen Republik – symbolisiert die Führung der kommunistischen Partei.

A

B

C

D

E

F

G

H

SKYLINE-RÄTSEL: UNTERWEGS IN ASIEN

Bereisen Sie sehr bekannte Städte des asiatischen Kontinents. Versuchen Sie, die Beschreibungen der passenden Skyline zuzuordnen und die jeweilige Stadt zu nennen!

1 Dieser Stadtstaat liegt südlich von Malaysia und zählt zu den asiatischen Tigerstaaten.

2 Bereits bei der Volkszählung 2011 brachte es diese indische Megastadt auf 16,8 Millionen Einwohner.

3 Besuchen Sie diese asiatische Hauptstadt auf der Insel Honschu.

4 In dieser größten Stadt der Vereinigten Arabischen Emirate kann unter anderem der 828 m hohe Wolkenkratzer Burj Khalifa bestaunt werden.

5 Der Name der malaysischen Hauptstadt bedeutet übersetzt so viel wie »schlammige Flussmündung«.

6 Der zeremonielle Name dieser asiatischen Metropole lautet: Krung Thep Maha Nakhon Amon Rattanakosin Mahinthara Yutthaya Mahadilok Phop Noppharat Ratchathani Burirom Udom Ratchaniwet Maha Sathan Amon Phiman Awatan Sathit Sakkathattiya Witsanukam Prasit.

7 Diese riesige Stadt in China verfügt über den größten Containerhafen der Welt.

8 In dieser asiatischen Stadt wurden 1988 die Olympischen Sommerspiele ausgetragen.

9 Diese asiatische Metropole stand von 1843 bis 1997 unter britischer Kontrolle.

A

B

C

D

E

F

G

H

I

39

AUF DEM DACH DER WELT

Nun geht es hoch hinaus. 1953 bestiegen Edmund Hillary (1919-2008) und sein Sherpa Tenzing Norgay (1914-1986) als erste Menschen den Mount Everest, den höchsten Berg der Erde. Kraxeln Sie auf ihren Spuren!

Gucken Sie genau!

1 Der Sauerstoff ist in diesen schwindelnden Höhen etwas knapp. Erreichen Sie dennoch das »Camp«?

2 Zeigen Sie auf den östlichen Rongbuk-Gletscher.

3 Wo auf der Karte lesen Sie die Zahl 27738?

Gut in Form?

4 Hm, wo klettern Sie denn da gerade herum?

Wer weiß was?

5 Welcher Nachbarberg des Mount Everest ist der vierthöchste Berg der Erde?

Zählen Sie mal!

6 Wie viele Wörter auf der Karte beginnen mit »Kh«?

7 Zählen Sie alle »La«, und zwar auch innerhalb von Wörtern. Groß- oder Kleinschreibung spielen bei dieser Aufgabe keine Rolle.

8 Addieren Sie im Kopf die niedrigste und die höchste Fuß-Angabe auf der Karte.

Kharbichangri
23420
23080
East Rongbuk Glacier
Glacier
Khartaphu
23800
Lhakpa La
Kharta
Karpo La
Kartse
Changtse
Chang La
MT. EVEREST
29002
Kangshu
Cwm
Lhotse
27738
Pethangtse

40

INDIENS SÜDLICHE SPITZE

Indien war im 19. und 20. Jahrhundert eine britische Kronkolonie und ist heute eine parlamentarische Republik mit Bundesstaaten und Unionsterritorien. Wir betrachten auf dieser Karte des Jahres 1838 den südlichsten Zipfel Indiens.

Gucken Sie genau!

1 Zweimal stoßen Sie auf der Karte auf »ruins«. Wo?

2 Zeigen Sie auf das »East Cape« (Ostkap).

3 Suchen Sie nach dem Ort Callagoody – aber ohne sich hierbei im Hinterland zu verirren.

Wer weiß was

4 Sicherlich hätten Sie eher einen Tiger erwartet. Aber in welcher Bezeichnung auf der Karte steckt ein schwarz-weißer Bär?

5 Finden Sie als Nächstes ein im Wasser lebendes Wirbeltier – auf dieser Karte mit dem englischen Wort bezeichnet.

Für Sprachgewandte

6 Welcher mittelgroße Ort auf der Karte verbirgt sich hinter dem Anagramm ARTY TOPIC?

Zählen Sie mal!

7 Wie viele Bezeichnungen auf der Karte enden auf »cotta«?

8 Und wie viele Bezeichnungen enden auf »poor«?

TINNEVELLY
FISHERY
Callagoody
Etavaram
Petalmaig
Coilpetta
Shermadapoor
Codumpoor
Vaghalag
Pandalamcourchy
Tuticorin
Alvarcoil
Tinnevelly
Natrada
Pollumcotta
Particoty
Mullingicotta
Calacad
Panamgoody
Wyoodoo
Vadagary
Manapar
Goodootally
Verimangalum
Dudawanum
Palcoor
Tovally Gate
Coomiacombri
East Cape
Cape Comorin
Attoor
Carungalum
Shevenda
Manore
Vurramoor
Chattigalum
Sherypondam
Tattapary
Mudatore
Gangandam
Chittore
Manaroochy
Arienaloor
Tachenloor
Kisnavanamcotta
Trinamcoil
Kaloor
Calaum
Singupetty
Nagacollum
Pavoor
Marenda
Uparcotta
Ainarpetta
Wootamally
Lamilla
Sherandah
Narwoodecourchy
Schoeumpetta
Shangaran
Cardhocollum
Elierampetta
Toleyancotta
Nadacourchy
Kadum
Alumcollum
Alivarcourchy
Kavavanaloor
Tetaudy
Nagimachitty
Tricanagoody
Rajemungalum
Cootary
Darapoor
Valleor
Paniculum
Coulan
Corungalum
Portiendale
Vallapydoram
Saumatrum
Satrum
Alvartinevelly

41

INSELBESUCH IM INDISCHEN OZEAN

Sri Lanka ist ein Inselstaat südöstlich der Südspitze von Indien. Bis 1972 hieß der Staat Ceylon. Viele ganz verschiedenartige Religionen und Ethnien sind auf dieser Insel vertreten.

Gucken Sie genau!

1 Finden Sie auf der Karte einen Herrn namens Adam.

2 Gelüstet es Sie nach Süßem? Dann suchen Sie auf der Karte nach »Candy«!

Für Sprachgewandte

3 Wo auf der Karte lesen Sie etwas von einem königlichen Palast?

Zum Querdenken

4 Wo in Sri Lanka ist Ogalla umgekehrt?

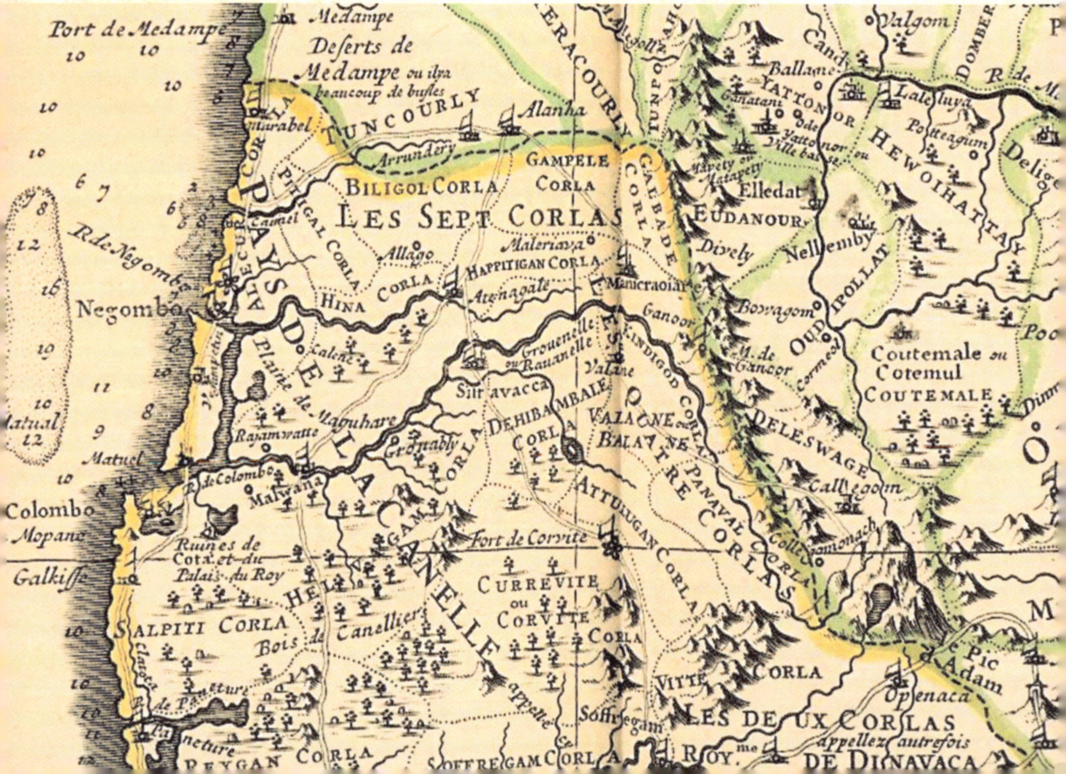

42

ERKUNDEN SIE INDOCHINA

Als Indochina werden all die Festlandgebiete Südostasiens bezeichnet, welche sich südlich von China und östlich von Indien befinden. Starten Sie eine Erkundungstour!

Gucken Sie genau?

1 Wo mündet der Mekong?

Wer weiß was?

2 Welche Länderbezeichnung auf der Karte ist der frühere Name von Thailand?

3 Die Stadt Bago in Myanmar hieß in der Kolonialzeit ...?

Zum Querdenken

4 Auf welcher auf der Karte verzeichneten Insel würden Sie am ehesten nach Edelsteinen suchen?

43

PUZZLE-CHAOS IN LAOS

Laos der einzige Binnenstaat in Südostasien, hat weniger als acht Millionen Einwohner, aber ganz schön viele Provinzen. Tragen Sie die Nummern der Präfektur Vientiane und der 17 Provinzen an der richtigen Stelle ein!

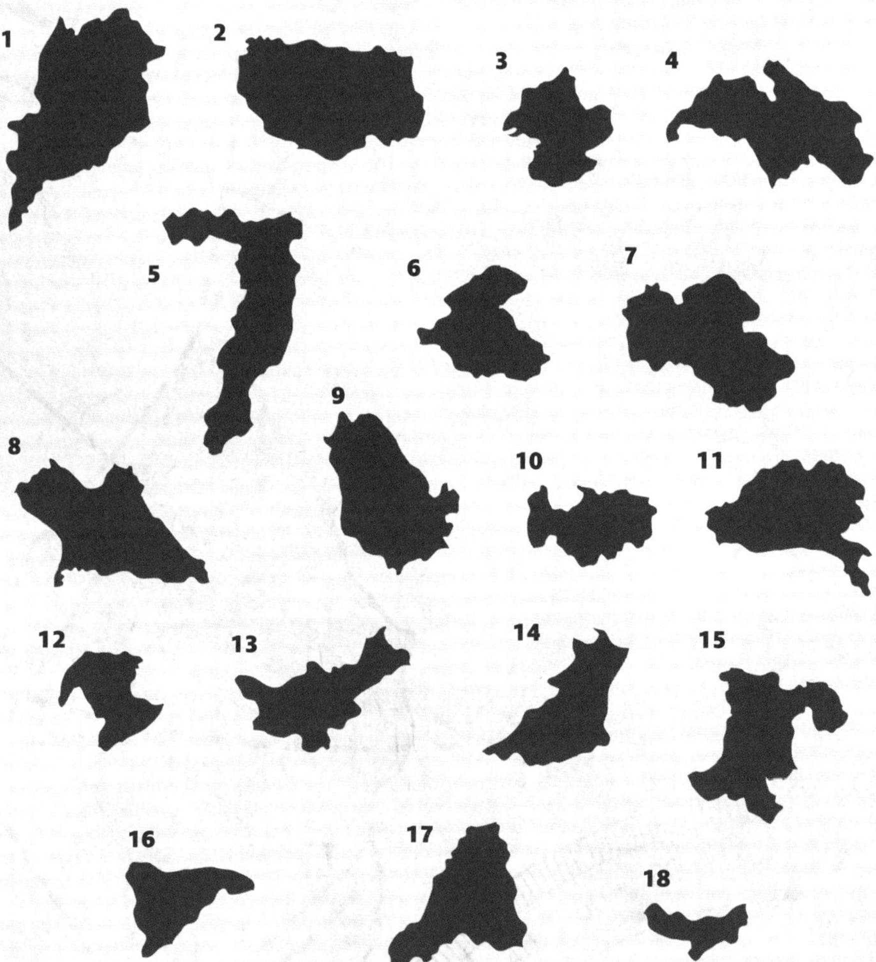

44

DER MALAIISCHE ARCHIPEL

Als Malaiischer Archipel werden die Inseln Südostasiens bezeichnet, die zwischen der Malaiischen Halbinsel und dem Kontinent Australien liegen. Reisen wir gemeinsam hin!

Wer weiß was?

1 Welche Insel ist – nach Grönland und Neuguinea – die drittgrößte Insel der Erde?

2 Zeigen Sie auf die größte Insel Thailands.

3 Welcher Vulkan brach im Jahr 1883 aus – was noch in 4800 km Entfernung zu hören war?

Zählen Sie mal!

4 Wie viele Höhen- und Tiefenangaben finden Sie auf der Karte?

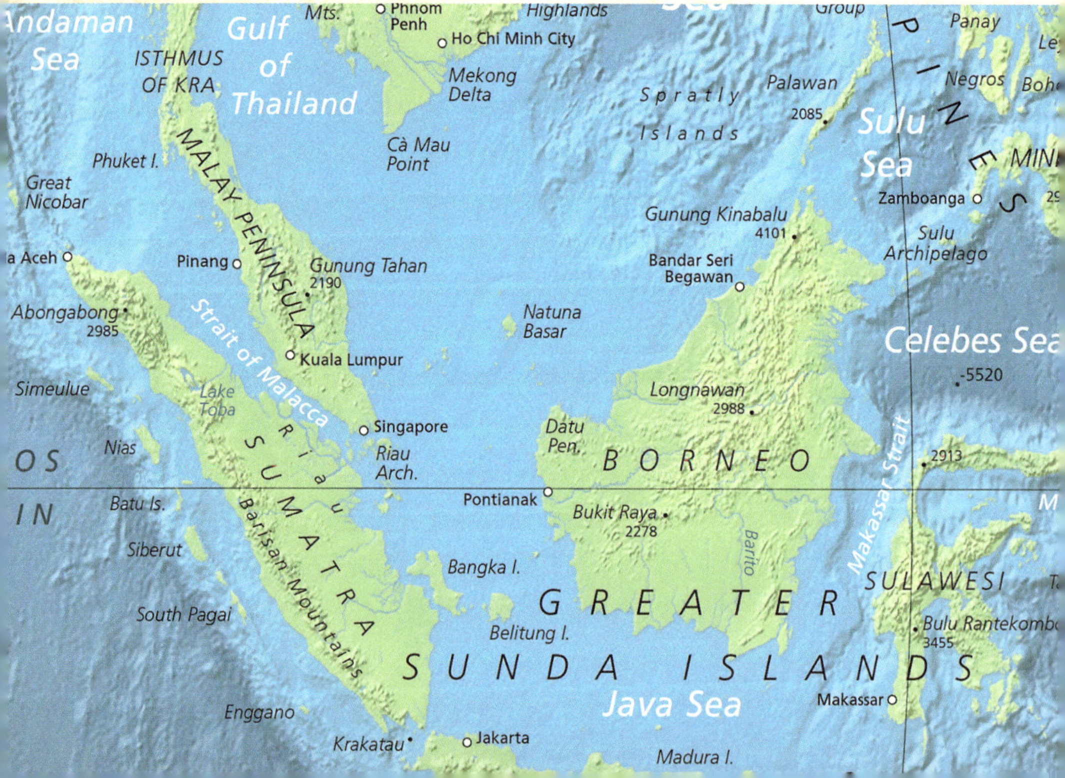

45

WO LIEGT WAS IN SÜDOSTASIEN?

Diese Karte Südostasiens ohne jeglichen Eintrag - eine stumme Karte - stellt Sie vor einige knifflige Herausforderungen. Können Sie die folgenden Örtlichkeiten auf der Karte zeigen?

1 Wo befindet sich das Königreich Kambodscha?

2 Die Hauptstadt der Philippinen ist Manila. Aber auf welcher der vielen Inseln liegt diese Stadt? Und an welcher Stelle?

3 Nun reisen Sie auf der Karte nach Singapur.

4 Als Nächstes möchten Sie eine Nacht in Bangkok verbringen – also wo?

5 Auf welcher Großen Sundainsel – zeigen Sie gern auch den genauen Standort – steht der Vulkan Kerinci, der höchste Vulkan Indonesiens?

46

OBENAUF IN DOWN UNDER

Für Australien wird auch der Begriff »Down Under« verwendet. Damit ist schlicht gemeint, dass Australien unterhalb des Äquators liegt. Reisen Sie also mit uns auf die Südhalbkugel der Erde.

Gucken Sie genau!

1 Schürfen Sie in Australien nach »Gold«.

2 Zur Erholung schauen Sie einen »Western«.

Wer weiß was?

3 Zeigen Sie auf die weltweit größte Ansammlung von Korallenriffen.

4 Wo befindet sich die Hauptstadt Australiens?

5 Wie lautet noch mal der Nachname von Homer und Marge?

Zum Querdenken

6 Eine »Guitar« finden Sie nicht auf der Karte, aber dafür einen ...?

Große Namen

7 Suchen Sie den Nachnamen eines britischen Naturforschers, der von 1809 bis 1882 lebte.

8 Welche Wüste wurde nach einer britischen Königin benannt?

Zählen Sie mal!

9 Wie viel Mal finden Sie auf der Karte das Wort »Port«, und zwar auch als Namensbestandteil?

Samarinda
Palu
Balikpapan
Strait of Makassar
Sulawesi
(Celebes)
Parepare
3455
Kendari
UJUNG PANDANG
Kep. Sula
P. Buru
Ambon
Seram
P. Buton
Sorong
2940
P. Biak
Irian Jaya
Jayapura
Puncak Jaya
5029
New Guinea
Admiralty Is.
Manus Is.
Wewak
Bismarck Arch.
New Hanover
PAPUA
NEW GUINEA
Madang
4509
Lae
New Britain
Rabaul
Bougainville
Solomon Sea
Kerema
Port Moresby
Alotau
Louisiade Arch.
SURABAYA
Denpasar
Bali
Lombok
Mataram
Sumbawa
Sumba
Flores
Ende
Dili
TIMOR-LESTE
(EAST TIMOR)
Timor
Kupang
Banda Sea
P. Wetar
Kep. Aru
Kep Tanimbar
Merauke
Arafura Sea
Timor Sea
Torres Strait
Cape York
Melville I.
Darwin
Arnhem Land
Katherine
Groote Eylandt
Gulf of Carpentaria
Weipa
Cape York Penisula
Coral Sea
Great Barrier Reef
Wyndham
Kimberley Plateau
Derby
Broome
Halls Creek
Larrimah
Elliot
Barkly Tableland
Cooktown
Cairns
1612
Normanton
Forsayth
Townsville
Northern Territory
Tennant Creek
Camooweal
Mount Isa
Cloncurry
Hughenden
Bowen
1277
Mackay
Great Dividing Range
Port Hedland
Dampier
Marble Bar
Great Sandy Desert
Paraburdoo
1227
Western Australia
Gibson Desert
1510
Macdonnell Ranges
Alice Springs
Simpson Desert
Barcaldine
Emerald
Rockhampton
Gladstone
Bundaberg
Fraser I.
AUSTRALIA
Great Artesian Basin
Meekatharra
Mount Magnet
1440
Welbourn Hill
Birdsville
Quilpie
Westgate
Roma
BRISBANE
Gold Coast
Mullewa
Leonora
Great Victoria Desert
Lake Eyre
-12
Cunnamulla
Toowoomba
Warwick
Darling Range
Dalwallinu
South Australia
Marree
Moree
Kalgoorlie-Boulder
Coolgardie
Merredin
Nullarbor Plain
Bourke
Walgett
Grafton
Northam
Narrogin
Norseman
Eucla
Ceduna
Wilcannia
Darling R.
New South Wales
Tamworth
Esperance
Great Australian Bight
Port Augusta
Whyalla
Port Pirie
Broken Hill
Nyngan
Dubbo
Port Macquarie
Albany
Port Lincoln
Spencer Gulf
Gawler
Mildura
Orange
Newcastle
SYDNEY
ADELAIDE
Murray R.
Wagga Wagga
Wollongong
Kangaroo I.
Albury
Canberra
Horsham
Bendigo
2230
Mt. Kosciusko
Bombala
Victoria
Ballarat
Mount Gambier
MELBOURNE
Portland
Geelong
Tasman Sea
King I.
Bass Strait
Furneaux Group
Devonport
1617
Launceston
Queenstown
Tasmania
Hobart
South East Cape

47

NEUES AUS NEUSEELAND

Als Entdecker Neuseelands wird zumeist der niederländische Seefahrer Abel Tasman (1603–1659) genannt. Doch nun ist es Zeit für Sie, Neuseeland neu zu entdecken!

Gucken Sie genau!

1 Besuchen Sie doch mal Herbert!

Zum Querdenken

2 Wo auf der Karte sollten Sie besser nicht Poker spielen?

Wer weiß was?

3 Wer ist der Vater der britischen Prinzen William und Harry?

4 Welcher US-Amerikaner mit dem Kurznamen Al wurde 2007 mit dem Friedensnobelpreis ausgezeichnet.

5 Hier hat sich die Hauptstadt Jamaikas auf die Karte verirrt.

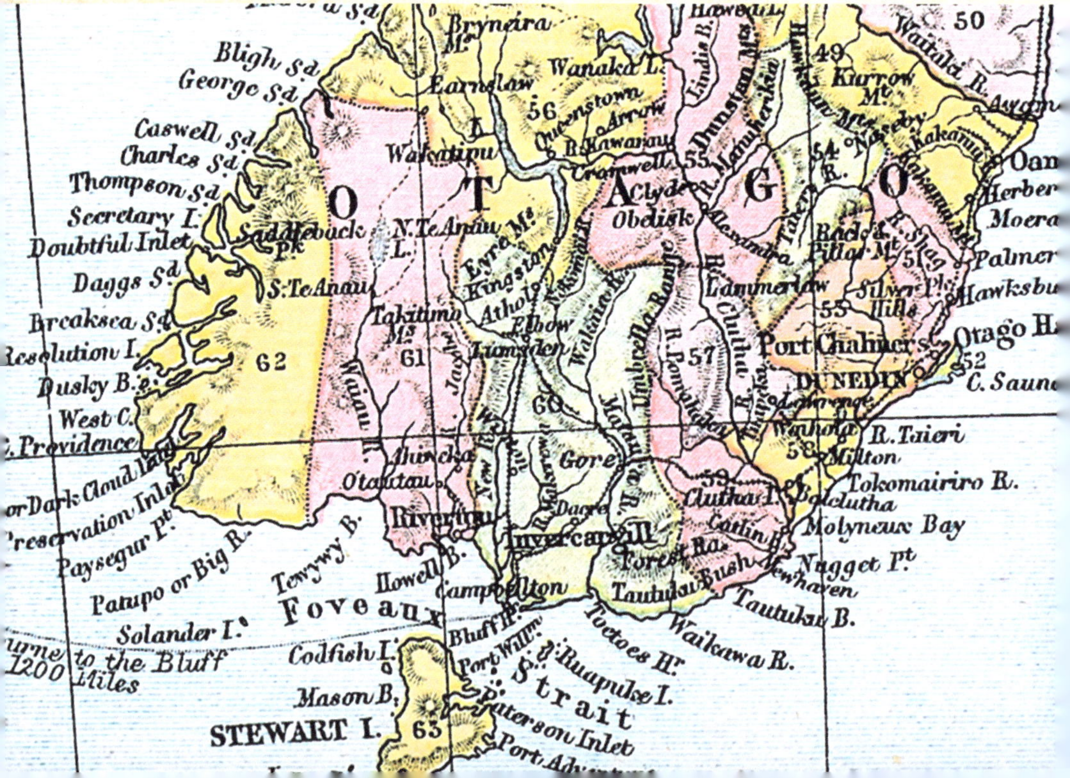

48

IN DEN EISIGEN SÜDEN

Steuern Sie nun Richtung ewiges Eis. Erkunden Sie Patagonien weit im Süden Südamerikas und die eisige Antarktische Halbinsel.

Zum Querdenken

1 Wo entdecken Sie eine dickhäutige Insel?

Wer weiß was?

2 Um welche Inselgruppe wurde im Jahr 1982 militärisch gestritten?

Große Namen

3 Suchen Sie den Namen eines berühmten deutschen Forschungsreisendenden, der von 1769 bis 1859 lebte.

Zählen Sie mal!

4 Wie viele »Cabo« (Kap) kommen auf der Karte vor?

49

FLAGGE ZEIGEN IN SÜDAMERIKA

Südamerika setzt sich aus zwölf unabhängigen Staaten sowie drei zu Großbritannien beziehungsweise Frankreich gehörenden Überseegebieten zusammen. Zehn Länder zeigen Ihnen hier ihre Flaggen. Schaffen Sie es, diese richtig zuzuordnen?

1 Auf der Flagge dieses südamerikanischen Landes ist unter anderem ein Lorbeerkranz zu entdecken.

2 Die Flagge dieses Landes verwendet die gleichen Farben wie die Flagge Österreichs.

3 Schauen Sie auf diese Flagge, sehen Sie nicht nur himmelblaue Farbe, sondern es scheint auch noch die Sonne.

4 Auf der Flagge dieses Landes ist ein Streifen so breit wie die beiden anderen Streifen zusammengenommen.

5 Schauen Sie genau hin: Auf welcher Flagge breitet ein Kondor seine Flügel aus?

6 Das Blau auf dieser Flagge steht für das Meer – und sie verfügt über mehrere Sterne.

7 Auch die Flagge dieses unter anderem durch Pampa und Gauchos geprägten Landes zeigt eine Sonne.

8 Die Flagge dieses an der Atlantikküste gelegenen südamerikanischen Landes zeigt eine goldene Spitze.

9 Der fünfzackige Stern auf der Flagge dieses Landes im Südwesten Südamerikas steht für die fünf ersten Provinzen.

10 Auch auf dieser Flagge sehen Sie einen fünfzackigen Stern, der aber die fünf Bevölkerungsgruppen des Landes symbolisieren soll.

A

B

C

D

E

F

G

H

I

J

ERKENNEN SIE DAS SÜDAMERIKANISCHE LAND?

Sie befinden sich weiter auf Entdeckungsreise in Südamerika und werden vor eine neue Herausforderung gestellt: Erkennen Sie die folgenden Länder anhand ihrer Beschreibungen und können Sie diese auch mit dem passenden Umriss zusammenbringen?

1 In diesem Land liegt die Inka-Ruinenstadt Machu Picchu.

2 Hier herrschte von 1973 bis 1990 der Diktator Augusto Pinochet (1915–2006).

3 Dieser Inselstaat liegt vor der Küste Venezuelas. Zumeist zählt man ihn zur Karibik, geologisch ist er aber Teil des südamerikanischen Festlands.

4 Ein berühmter Fußballverein in diesem Land wird »Boca Juniors« genannt.

5 Dieses Land ist das bevölkerungsreichste und flächenmäßig größte in Südamerika.

6 Die Hauptstadt dieses südamerikanischen Landes heißt Georgetown.

7 Zu diesem Land im Nordwesten Südamerikas gehören die Galapagosinseln.

8 Mit einer Fläche von 163 820 km² ist dieses Land der kleinste unabhängige Festlandsstaat Südamerikas.

A
B
C
D
E
F
H

51

EXPEDITION NACH BRASILIEN

Brasilien nimmt fast die Hälfte der Fläche Südamerikas ein. Hier präsentieren wir Ihnen einen kleinen Kartenausschnitt aus dem Südosten des Landes.

Für Sprachgewandte

1 Auf ein Wort: Wo sehen Sie ein portugiesisches »Meer«?

2 Entdecken Sie auf der Karte einen auf Spanisch bezeichneten »schwarzen Fluss«?

3 Wie lautet die portugiesische Version des Namens Michael?

Große Namen

4 Machen Sie sich auf die Suche nach dem Vornamen des brasilianischen Bestsellerautors Coelho.

Wer weiß was?

5 Der Fußballspieler Pelé spielte von 1956 bis 1974 für den FC …?

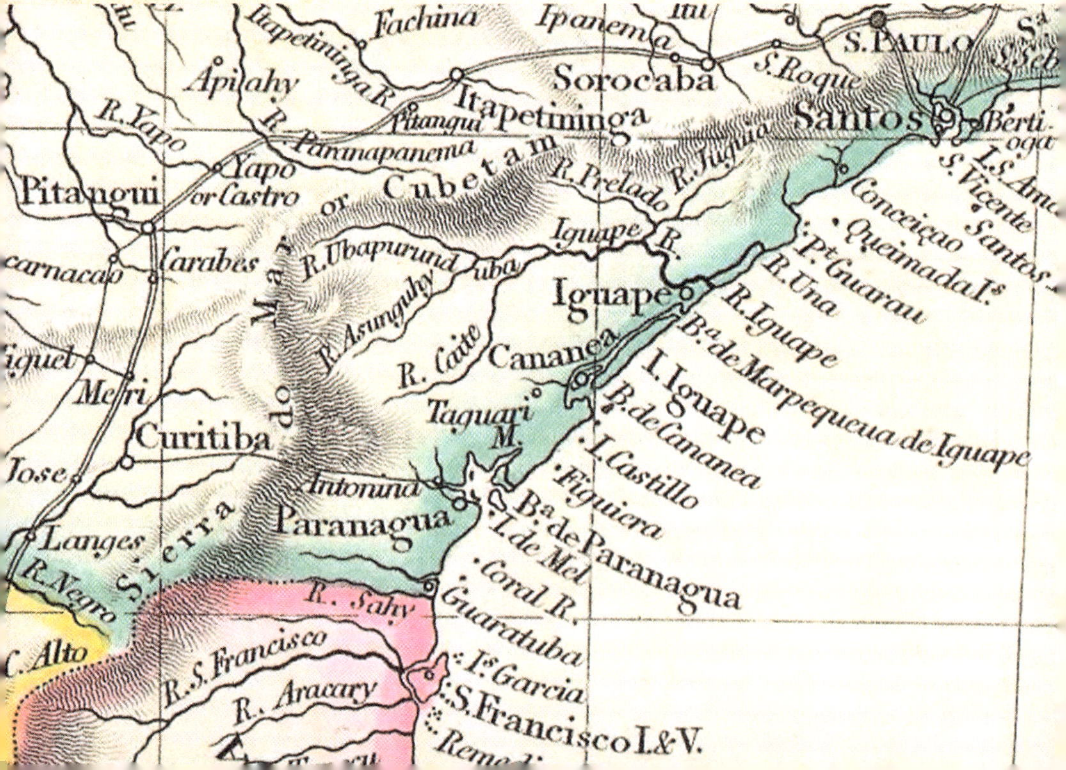

52

GANZ RELAXT IN RIO

Rio de Janeiro liegt an der Guanabara-Bucht, die Sie auch auf dieser Karte sehen. Farbig markiert ist hier übrigens das Schienennetz der Straßenbahnen im Jahr 1906.

Gucken Sie genau!

1 Relaxen Sie an der Praia de Santa Luzia.

2 Frei Caneca (1779–1825) war ein brasilianischer Politiker und Revolutionär. Finden Sie seinen Vornamen.

Für Sprachgewandte

3 Wo auf der Karte würden Sie Schlangen vermuten?

4 Wo lesen Sie einen englischen Monatsnamen?

5 Sehen Sie sich vor! An welcher Stelle steht das portugiesische Wort für »Vorsehung«?

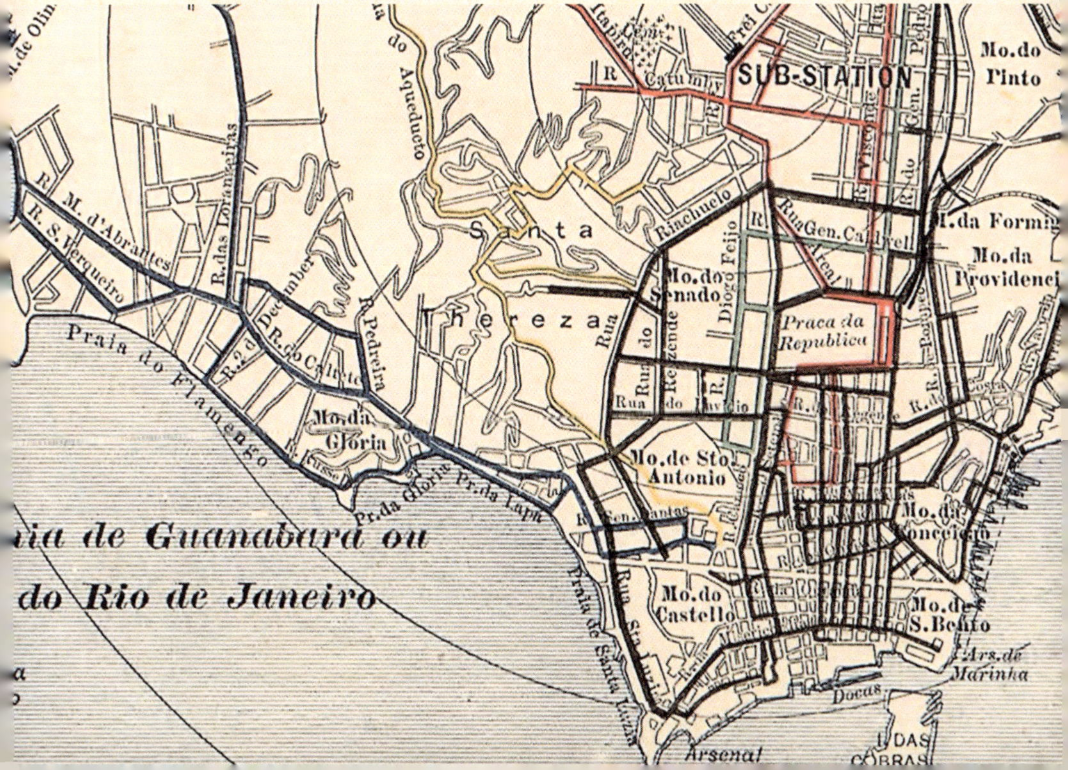

53

WILLKOMMEN AUF JAMAIKA

Die ehemalige britische Kolonie Jamaika ist ein Inselstaat in der Karibik. Der Name der Insel stammt aus dem Arawakischen und bedeutet »Holz- und Wasserland«. Es werden noch weitere Namen gesucht!

Große Namen

1 King Charles III. hat nur eine Schwester. Wie lautet ihr Name?

Für Sprachgewandte

2 Wo auf der Karte lesen Sie ein anderes Wort für »Morgenland«?

Wer weiß was?

3 Entdecken Sie auf der Karte die Hauptstadt Jamaikas?

Zählen Sie mal!

4 Welcher Vorname kommt auf der Karte als Einziger zweimal vor?

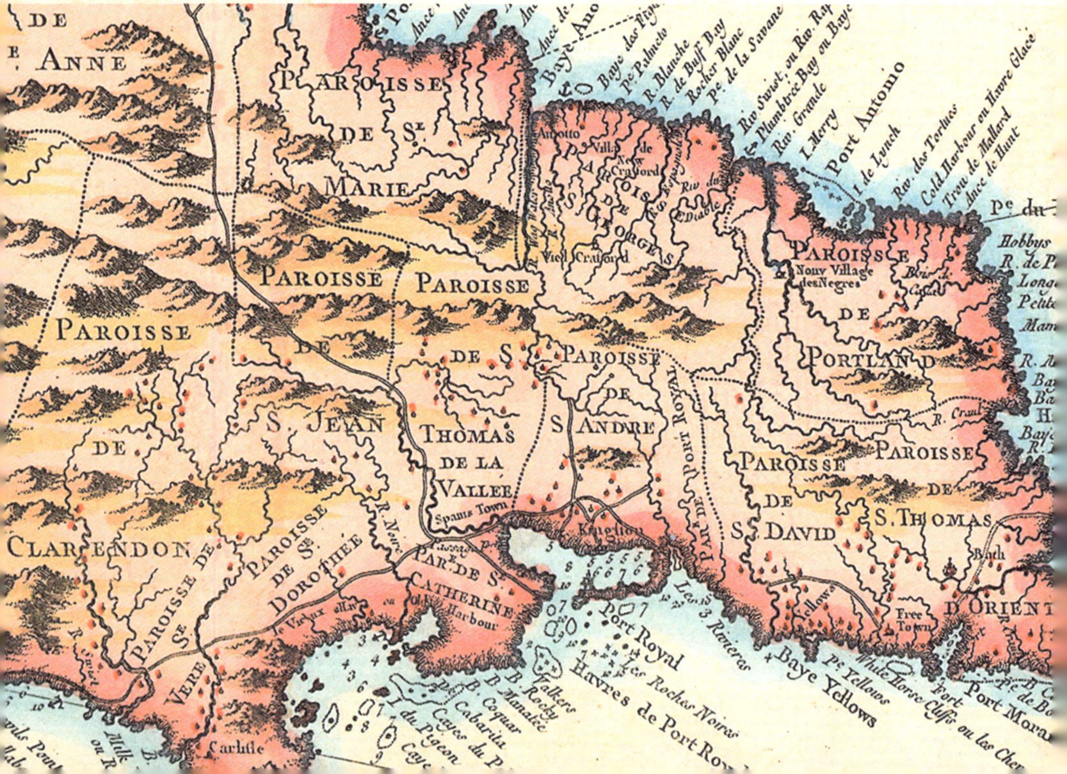

CRUISEN IN DER KARIBIK

Die Karibik hat ihren Namen dem Volk der Kariben zu verdanken, die spanische Eroberer auf den Kleinen Antillen antrafen. Statten Sie der karibischen Inselwelt einen Besuch ab!

Gucken Sie genau!

1 Finden Sie die Stadt Havanna (auf der Karte »Havana« geschrieben).

Für Querdenker

2 Auf welcher Insel genehmigen Sie sich ein hochprozentiges Getränk mit drei Buchstaben?

Wer weiß was?

3 Auf welcher Insel befindet sich der Staat Haiti?

4 Welches britische Überseegebiet gilt als eines der bedeutendsten Steuerparadiese?

55

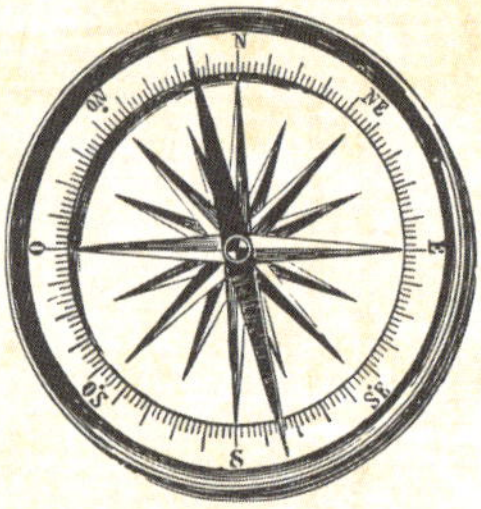

DIE KEYS IM SÜDEN FLORIDAS

Diese Karte entstammt einer größeren Navigationskarte des 19. Jahrhunderts. Gewidmet wurde sie dem damals amtierenden US-Präsidenten James Monroe (1758–1831). Navigieren Sie mithilfe der Karte an der Südküste Floridas!

Gucken Sie genau!

1 Wo auf der Karte hüpft ein »Rabbit« (Hase)?

2 »Shark« ist das englische Wort für »Hai«. Wo sehen Sie einen solchen Knorpelfisch auf der Karte?

3 Und noch eine tierische Suchaufgabe: Finden Sie einen »Mosquito«!

Gut in Form?

4 Wo auf der Karte haben wir diesen Ausschnitt entnommen?

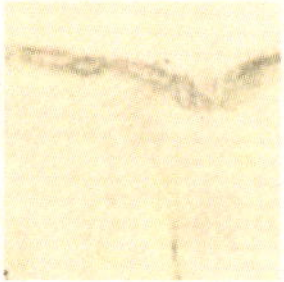

Wer weiß was?

5 Entdecken Sie auf der Karte eine japanische Automarke? Sie kommt sogar gleich zweimal vor.

6 Wie werden Baumarten aus verschiedenen Pflanzenfamilien genannt, die im Gezeitenbereich tropischer Küsten wachsen?

7 Wo auf der Karte wird im Zweivierteltakt getanzt?

Für Sprachgewandte

8 Wo sehen Sie eine »lange Insel«?

Clay and sand
Rocks-Buey
Clay, mud, and sand
White water hence over the Bank
Cayo Marques
Cayo Boca
Boca Grande
Blue water
The Lighthouse on Sand Kay, or Porpoise Island, exhibits a revolving light.
Mule or Mangrove Isles
Sand Kay & Light Ho.
Lighthouse Fixed Light
Cayo Hueso or Thompson's Island, or Kay West
Pine Islands
Sambo
Looe Kay
Bahia Honda
Cayos de Bahia Honda
Sand Kay
Cabbage Tree I.
Var. 6°. 7'. E. 1775.
Sombrero Kay
The Vacas or Cows
Duck K.
Bivoras or Viper K.
Old Matacumbe
New Matacumbe
Long Island
Coral Bank
Tavernier K.
Cayo Largo
Stream rapid
3.85 miles Aug. & Sept.
The Florida Stream is a Current setting Westward and Southwestward, excepting when the wind is at north or west.
from Havanna, in May 1816
THE MARTYRS
FLORIDA REEF
STR
Larga Shoal
BAHIA de JUAN PONCE de LEON or CHATHAM BAY
Careening Isla
Mosquito K
Rocky Kays
Racoon Kay
Rio Seco, or Dry R.
Shark R.
Punta Tancha or Sable Point
Ari Kay
Oyster Kays
Rabbit Kay
Racoon Kay
Great Inlet
Carysfort

56

IN DEN BRITISCHEN KOLONIEN DER USA

Reisen Sie auf dieser Karte aus dem Jahr 1676 weit zurück in der Zeit und besuchen Sie die britischen Kolonien Carolina und Virginia. Hier gibt es einiges zu entdecken - Historisches, aber auch Sprachliches.

Gucken Sie genau!

1 Knacken Sie auf der Karte eine »Nuß«.

Für Sprachgewandte

2 Welche Ortsbezeichnung auf der Karte ist Lateinisch, aber auch Spanisch für »Geschmack«?

3 Nehmen Sie auf der Karte ein »heißes Bad«.

4 AGENT CHUMP ist in geheimer Mission unterwegs. Aber wo? Lösen Sie das Anagramm, um ihn zu enttarnen.

Gut in Form?

5 Suchen Sie auf der Karte nach diesem Ausschnitt.

Wer weiß was?

6 Die erste dauerhafte englische Siedlung Nordamerikas und erste britische Kolonie überhaupt wurde 1607 während der Herrschaft Jakobs I. in Virginia gegründet. Wie hieß sie?

7 Jules Verne veröffentlichte 1866 den Roman »Die Abenteuer des Kapitän ...«?

Zählen Sie mal!

8 Wie viele Wörter zählen Sie auf der Karte, die die Buchstabenkombination »ou« enthalten?

APALATHEAN MOUNTAINS
The Rickohockans
Mons Gubor
SAVANA
Sabor
Oenock
Akenatzy
Sapon
Nahisan
Deserta Arenosa
Toskiroros
Torpeo R
Kateras
VIRGINIÆ
PARS.
Mahock
Monakin
Menderink
Kauwitzi hocken
the Falls
Powathan R
LINA.
QUI MAL Y PENSE
Stag Park
Longs Delight
New Town
Turky Quarters
Pine Plains
Clarendon County
Hot Bath
Pocoan
Kinack
Greens Iland
Nuss
Old feild
Pemptico
Matchepung
Cape Look out
The
Okok
Sound
Aromus heck marshes
Pakeck Lake
Allegator R
Croatan
Noratake R
Salmon Cre
Nat-way R
Weyanok Cr.
Bennets Creek
Black Waters
Rakahak
Mutakomok
Yapin
Wiquemens
Albemarl River
Little R
Paskotank
North West R
Elizabeth R
Albemarl County
Whites I
Willowbies I
North R
Linhaven
Powels Pt
Carlile I
Roanoak
Roanoak Inlet
Musketo Inlet
Caratuk Inlet
C. Henry
Smiths I.
C. Charle
Jam Tow
James R
Cape Hattera
Francis Lamb Sculp

57

WO LIEGT WAS IN NORDAMERIKA?

Nordamerika ist der nördliche Teil des Doppelkontinents Amerika. Den allergrößten Teil der Fläche nehmen die Vereinigten Staaten von Amerika, Kanada sowie Mexiko ein. Doch wo liegt was?

1 Markieren Sie auf der Karte Ottawa, die Hauptstadt Kanadas.

2 Wo befindet sich die Golden Gate Bridge, eine der berühmtesten Brücken der Welt?

3 Zeigen Sie auf die mexikanische Halbinsel Yucatán.

4 Wo ragt der Denali, der höchste Berg Nordamerikas, 6190 m in die Höhe?

5 Lust auf einen Spielfilm? Dann lokalisieren Sie Hollywood!

6 Welche Großstadt an der Westküste Kanadas war 2010 der Austragungsort der Olympischen Winterspiele?

7 Wo liegt Chihuahua, der größte Bundesstaat Mexikos?

8 Besuchen Sie den Yellowstone-Nationalpark.

9 An welcher Stelle mündet der Rio Grande?

10 Um 1800 war es noch die größte Stadt der USA: Statten Sie Philadelphia einen Besuch ab.

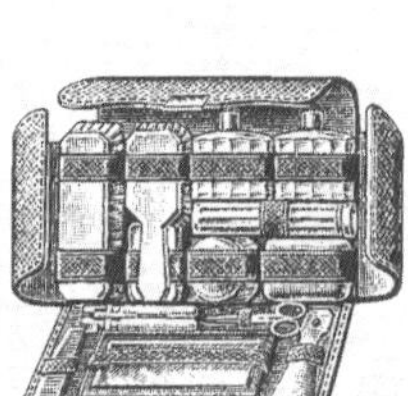

STREIFZUG DURCH KALIFORNIEN

Der Spitzname »Golden State« leitet sich vom kalifornischen Goldrausch Mitte des 19. Jahrhunderts ab. Mit fast 40 Millionen Einwohnern ist Kalifornien – vor Texas und Florida – der bevölkerungsreichste Bundesstaat der USA.

Gucken Sie genau!

1 Besichtigen Sie die kalifornische Stadt San Francisco.

2 Wo auf der Karte sehen Sie ein »Island« – eine Insel?

3 Fahnden Sie auf der Karte nach einer Frau namens Eliza.

Wer weiß was?

4 Finden Sie auf der Karte den Namen der größten Stadt der USA.

5 Ein von Apple 2021 veröffentlichtes Betriebssystem trug die Bezeichnung »macOS …«?

6 Welches US-amerikanische Magazin führt eine jährliche Rangliste der reichsten Menschen der Erde?

Große Namen

7 Kennen Sie den noch? Ein US-amerikanischer Schauspieler, der von 1925 bis 1985 lebte, hieß Rock …?

Zählen Sie mal!

8 Ganz schön viele Heilige! Wie viel Mal lesen Sie auf der Karte das Wort »Santa«?

9 Nun geht es hoch hinaus: Wie viele »Mt.« oder »Mts.« zählen Sie auf der Karte?

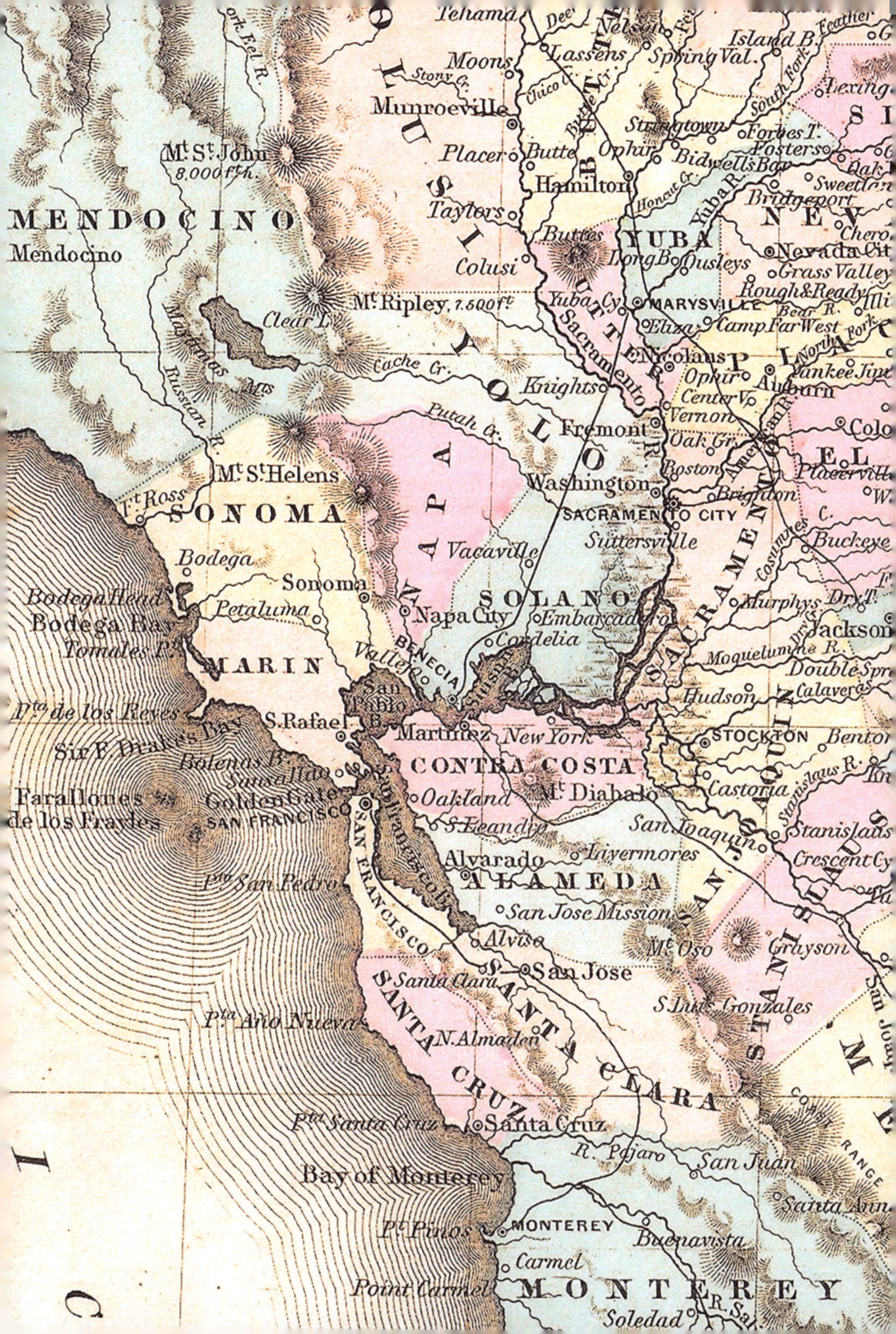
MENDOCINO
Mendocino
Mt. St. John 8,000 ft.
Clear L.
Russian R.
Ft. Ross
Mt. St. Helens
SONOMA
Bodega
Sonoma
Bodega Head
Bodega Bay
Tomales Pt.
Petaluma
MARIN
Pto. de los Reyes
Sir F. Drake's Bay
S. Rafael
Bolenas B.
Sausalito
Golden Gate
SAN FRANCISCO
Farallones de los Frayles
Pto. San Pedro
Pta. Año Nuevo
Pta. Santa Cruz
Bay of Monterey
Pt. Pinos
MONTEREY
Carmel
Point Carmel
MONTEREY
Soledad
Tehama
Moons
Stony Cr.
Munroeville
Placer
Taylors
Colusi
Mt. Ripley 7,600 ft.
Cache Cr.
Putah Cr.
Knights
Fremont
Washington
SACRAMENTO CITY
Suttersville
NAPA
Vacaville
SOLANO
Napa City
Embarcadero
Cordelia
BENECIA
Vallejo
San Pablo B.
Martinez
New York
CONTRA COSTA
Mt. Diabalo
Oakland
S. Leandro
Alvarado
Livermores
ALAMEDA
San Jose Mission
Alviso
San Jose
SAN FRANCISCO
Santa Clara
SANTA CLARA
SANTA CRUZ
N. Almaden
Santa Cruz
R. Pajaro
San Juan
Buenavista
Santa Anna
COAST RANGE
Lassens
Chico Cr.
Butte
Hamilton
Buttes
Ophir
Bidwell's Bar
Spring Val.
Island B.
Feather
Strongtown
Forbes T.
Fosters
Bridgeport
YUBA
Long Bar
Dusleys
Yuba R.
MARYSVILLE
Yuba Cy.
Eliza
Camp Far West
Nevada City
Grass Valley
Rough & Ready
Bear R.
Sacramento
Nicolaus
Ophir
Center V.
Vernon
Auburn
Yankee Jim
Oak Gr.
Boston
Brighton
American R.
Placerville
Buckeye
Cosumnes
Murphys
Dry T.
Jackson
Moquelumne R.
Double Spr.
Hudson
Calaveras
STOCKTON
Benton
Castoria
Stanislaus R.
San Joaquin
Stanislaus
Crescent Cy.
Mt. Oso
Grayson
S. Luis Gonzales
YOLO
SUTTER
SACRAMENTO
SAN JOAQUIN
STANISLAUS

NATUR PUR IM YELLOWSTONE-NATIONALPARK

Der Yellowstone-Nationalpark in den USA wurde bereits 1872 eröffnet. Damit ist er der älteste Nationalpark unserer Erde. Auf einer Fläche von fast 9000 km² sprudeln Geysire und leben viele Bisons, Wölfe und Grizzlybären.

Zum Querdenken

1 Wo auf der Karte springt ein heißes Mammut?

Wer weiß was?

2 Wo lagert ein Vertreter eines nordamerikanischen Indianervolks?

3 Welcher »Square Garden« bezeichnet sich selbst als »berühmteste Arena der Welt«?

Zählen Sie mal!

4 Zählen Sie die Geysire.

5 Wie viele »Yellow« lesen Sie auf der Karte?

Große Namen

6 Finden Sie den Nachnamen eines berühmten US-amerikanischen Komikers und Schauspielers, der vor allem für seine schrägen Grimassen bekannt war.

7 Er löst einfach jedes Problem: Suchen Sie den Nachnamen eines amerikanischen Kampfkünstlers und Action-Schauspielers.

8 Finden Sie einen US-amerikanischen Präsidenten, dessen Vornamen Franklin Delano lauteten.

9 Und noch ein US-Präsident. Dieser hatte den merkwürdigen Vornamen Ulysses.

89
Electric Peak
3350 m
Yellowstone River
Abs
mmoth Hot Springs
inerva Terrace
Petrified
Tree
Tower-Roosevelt
Tower Fall
YELLOWSTONE
Mt. Holmes
3150 m
Obsidian
Cliff
Lamar
Mirror
Plateau
Steamboat
Geyser
Norris
Canyon
Village
Lower Falls
Upper Falls
Firehole R.
Madison
NATIONAL
Mud Volcanoe
Fishing
Bridge
Fountain Paint Pot
Lake Village
Grand
ismatic
Spring
Old
Faithful
Geyser
Bridge Bay
Natural Bridge
Old Faithful
West
Thumb
Yellowstone
Lake
Fishing
Cone
Shoshone
Lake
Grant
Village
Lewis Lake
Heart Lake
Pitchstone
Plateau
PARK
Yellowsto
89

SOUND DER MEERESBUCHT

Der Puget Sound ist eine im Nordwesten des US-Bundesstaats Washington gelegene Meeresbucht. Er wurde nach Peter Puget, einem britischen Offizier der Royal Navy benannt. Hier sehen Sie einen kleinen Ausschnitt dieser weitverzweigten Bucht.

Große Namen

1 Finden Sie eine US-amerikanische Schauspielerin und Sängerin, die nur von Ihnen geliebt werden will.

2 Und noch eine in den USA geborene Sängerin, die sich ebenfalls beim Film versucht hat – unter anderem in »Mad Max – Jenseits der Donnerkuppel«.

Zählen Sie mal!

3 Wie viel Mal kommt auf der Karte die Ziffer 9 vor?

4 Wie viele vollständig sichtbare Zahlen sind größer als 50?

Gut in Form?

5 Woher stammt dieser Ausschnitt?

Für Sprachgewandte

6 Ein wenig Englisch: Halten Sie Ausschau nach einem Adler.

7 Lässt sich auf der Karte eine Brücke entdecken?

8 Suchen Sie nach der hellsten aller Farben.

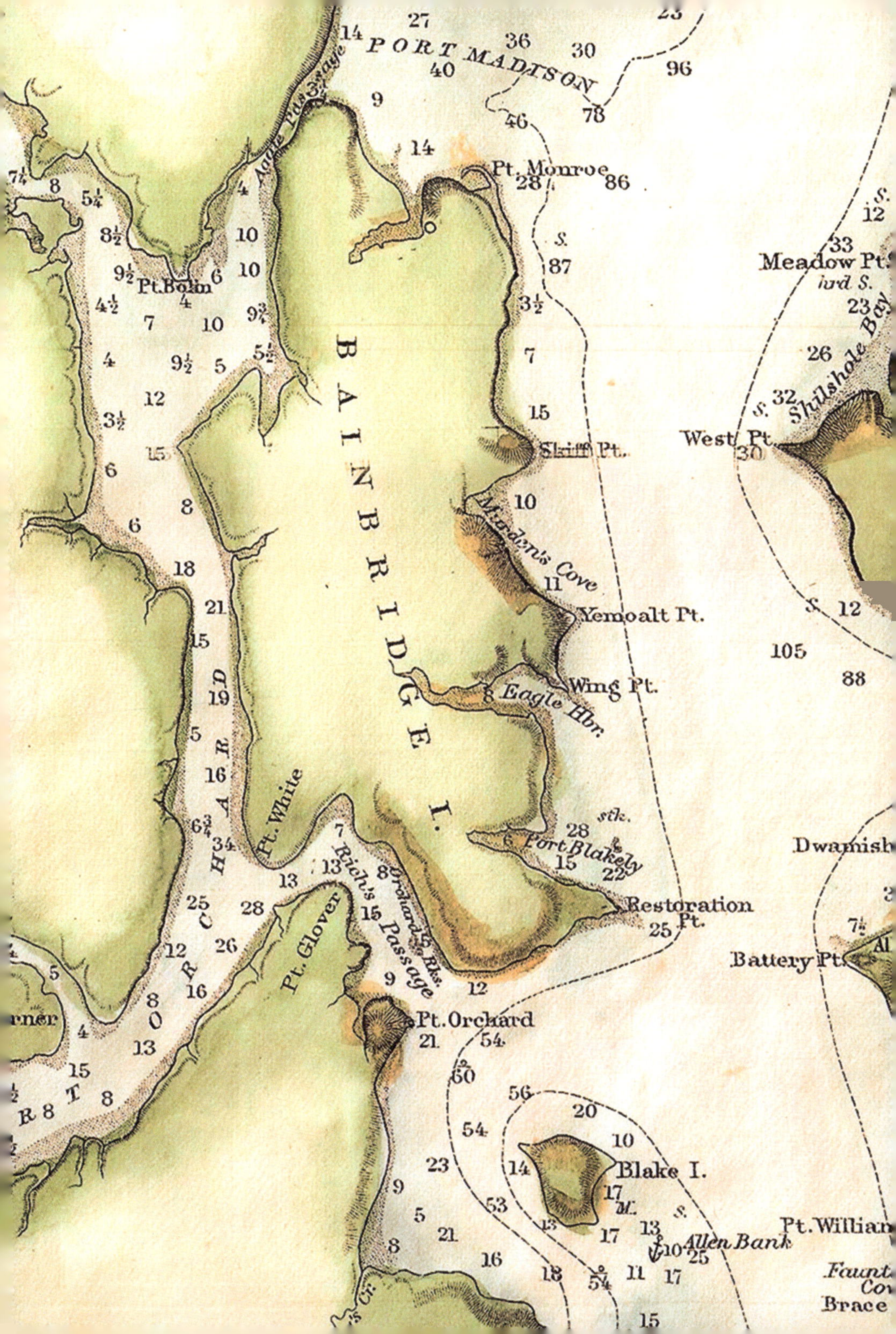
PORT MADISON
Agate Passage
Pt. Monroe
Pt. Bolin
BAINBRIDGE I.
Meadow Pt.
Shilshole Bay
West Pt.
Skiff Pt.
Murden's Cove
Yemoalt Pt.
Wing Pt.
Eagle Hbr.
Port Blakely
Restoration Pt.
Dwamish
Battery Pt.
Pt. White
Rich's Passage
Orchard Rks.
Pt. Glover
PORT ORCHARD
Pt. Orchard
Blake I.
Allen Bank
Pt. William
Brace

61

BUNDESSTAATEN-PUZZLE USA

Die USA sind ein faszinierendes und vielgestaltiges Land mit 50 Bundesstaaten. Hier sehen Sie die Form von 17 Bundestaaten. Tragen Sie auf der USA-Karte die Nummern der Karten an der richtigen Stelle ein! Können Sie außerdem den jeweiligen Namen des Bundesstaats nennen?

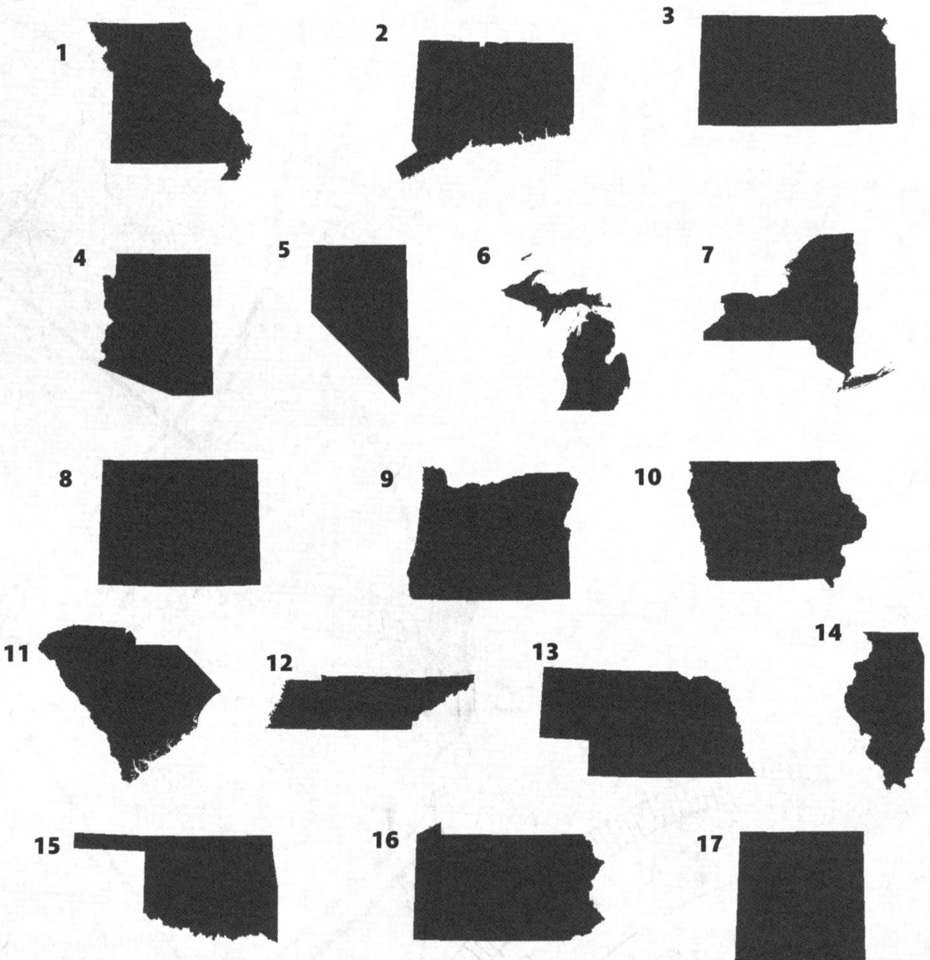

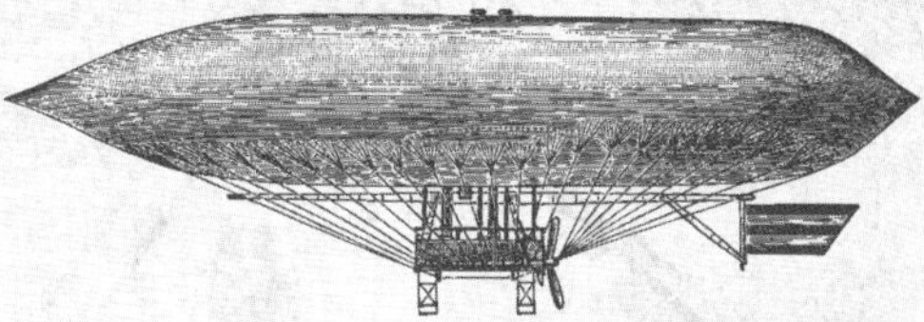

62

BISS IN DEN BIG APPLE

Die am Atlantik gelegene Weltstadt New York wird auch »Big Apple« genannt. In dieser Karte sehen Sie einen kleinen Ausschnitt dieses großen Apfels.

Große Namen

1 Wie hieß der Großvater von King Charles III.?

Für Sprachgewandte

2 Welche englische Bezeichnung auf der Karte steht für die Baumart Ulme?

3 Wo ist TOM SEVILPLINK? Finden Sie ihn, indem Sie das Anagramm lösen.

Wer weiß was?

4 Welche Halbinsel New Yorks ist für ihre Vergnügungsparks bekannt?

5 Finden Sie den Namen der viertgrößten Stadt der Niederlande.

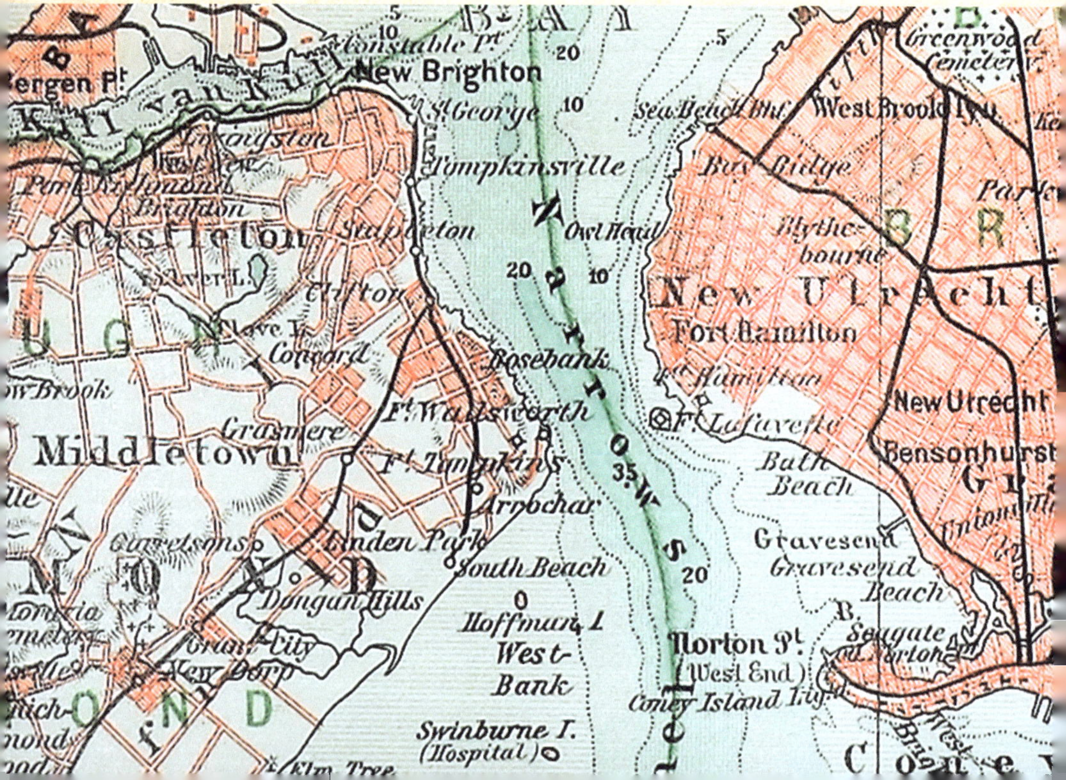

63

A WALK IN THE PARK

Der Central Park ist ein Stadtpark in Manhattan, einem bekannten Stadtbezirk von New York. Unternehmen Sie einen kleinen Spaziergang durch den 1873 fertiggestellten Park.

Zählen Sie mal!

1 Wie viel Mal lesen Sie auf der Karte das Wort »Fourth«?

Für Sprachgewandte

2 Welches Wort hat auch die Bedeutung »Einkaufszentrum«?

Wer weiß was?

3 Wie wird im Golfsport der Bereich rund um das Loch genannt?

4 Einer der Gründerväter der USA, aber niemals US-Präsident, war der Mitte des 18. Jahrhunderts geborene Alexander …?

5 Wer war von 1809 bis 1817 der vierte Präsident der USA?

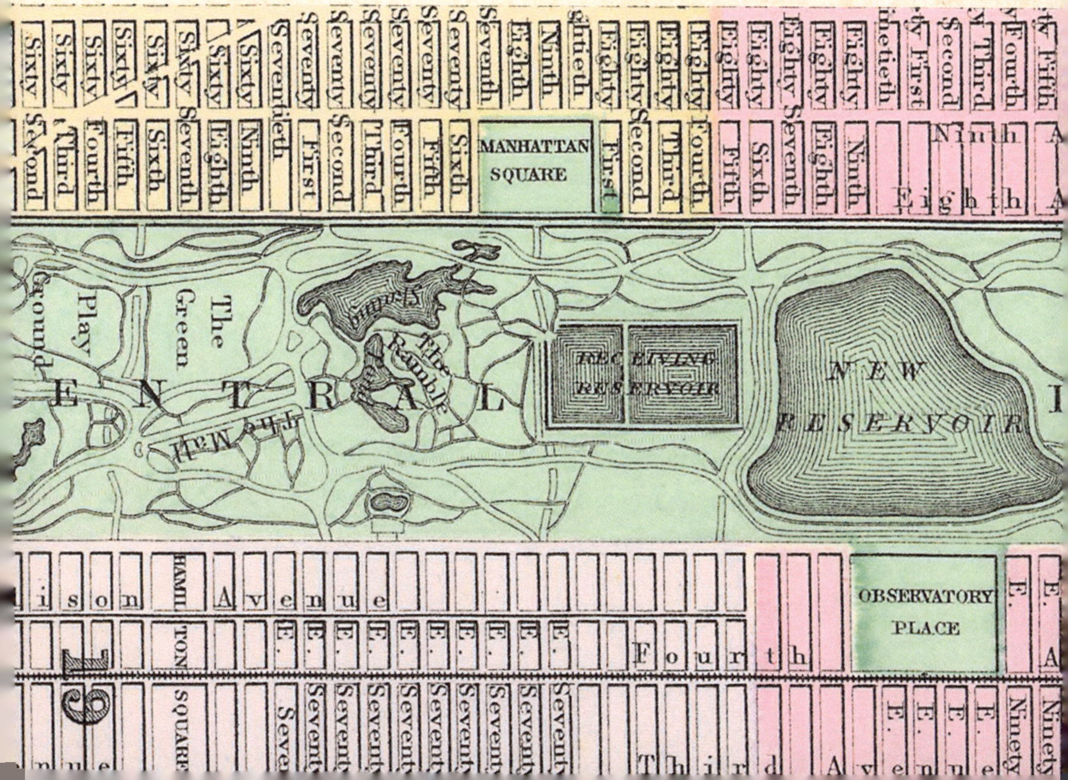

64

ENGLAND IN DEN USA

Neuengland ist ein Gebiet im Nordosten der USA. Es wurde von den Engländern ab dem 17. Jahrhundert besiedelt – weshalb Sie dort etliche englische Städtenamen finden. Oder etwa nicht?

Gucken Sie genau!

1 Aus dem Haus Windsor stammt das englische Königshaus. Und wo steht Windsor auf der Karte?

2 Im englischen Bristol startete 1497 Giovanni Caboto seine Entdeckungsfahrt nach Nordamerika. Und wo liegt das neuenglische Bristol?

Wer weiß was?

3 Das geistliche Oberhaupt der Church of England ist der Erzbischof von ...?

4 Wo in Neuengland fand am 16. Dezember 1773 eine nicht ganz so gemütliche »Tea Party« statt?

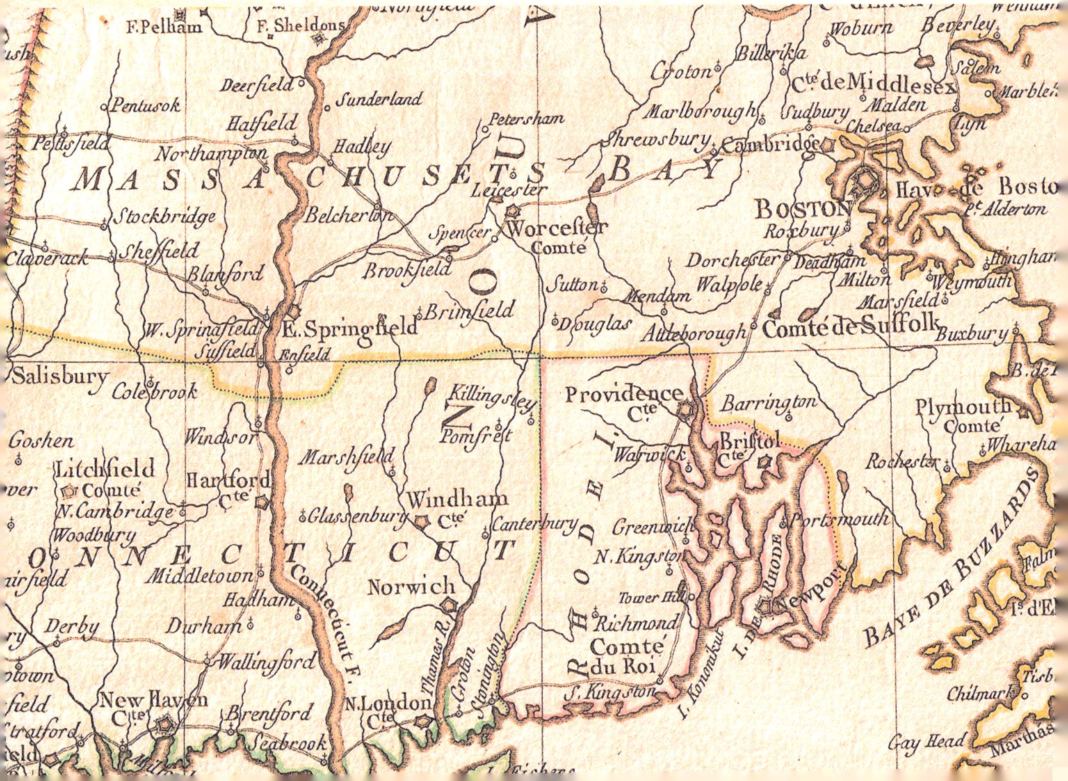

65

FRANKREICH AM SANKT-LORENZ-STROM

Die Amtssprache in Quebec – der größten Provinz Kanadas – ist Französisch, was Sie auf dieser englischen Karte der gleichnamigen Stadt kaum bemerken.

Zum Querdenken

1 Zählen Sie auf der Karte von »Love« bis »40«.

Für Sprachgewandte

2 Wo auf der Karte können Sie sich ein Bier genehmigen?

Gucken Sie genau!

3 Suchen Sie eine Straße, die zweifelsfrei nach dem heiligen Andreas (»St. Andrew«) benannt wurde.

Zählen Sie mal!

4 Wie oft kommt auf der Karte das Wort »Gate« (Tor) vor?

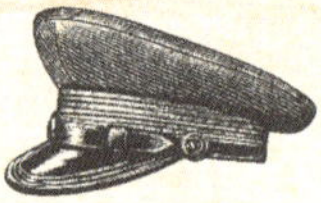

POLAREXPEDITION

Packen Sie sich warm ein! Denn nun dringen Sie mit einem Expeditionsschiff in die Polarregion vor, genauer gesagt zu den Königin-Elisabeth-Inseln im kanadischen Territorium Nunavut. Außer den Inuit werden Sie hier auch einigen bekannten Persönlichkeiten begegnen.

Große Namen

1 Wo wurde der Ehefrau des englischen Polarforschers John Franklin (1786–1847) ein geografisches Denkmal gesetzt?

2 Suchen Sie den ins Auge springenden Namen eines britischen Admirals, der von 1744 bis 1819 lebte.

Gucken Sie genau!

3 Wo auf der Karte wird Ihnen ein »Rendezvous« angeboten?

4 Suchen Sie auf der Karte nach »Oliver«.

Wer weiß was?

5 Ein 1882 gegründeter Londoner Fußballverein trägt den Namen »Tottenham ...«?

6 Eins der meistverkauften Alben aller Zeiten ist »Rumours« von der Band »... Mac«?

Für Sprachgewandte

7 Welches englische Wort, das Sie auf der Karte lesen, bedeutet »Halbinsel«?

Zählen Sie mal!

8 Wie viele ausgeschriebene »Inlet« gibt es auf der Karte?

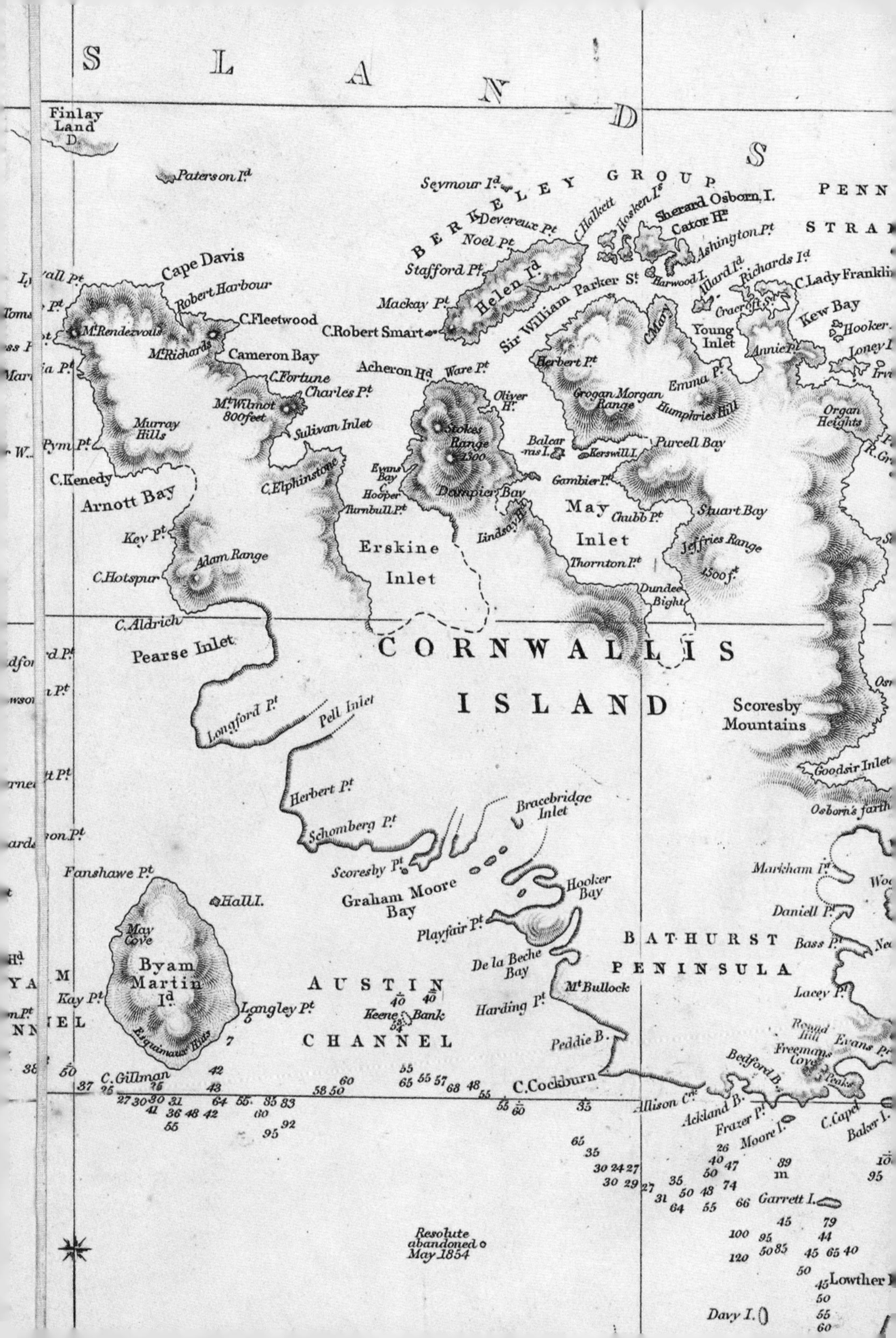

S L A N D S
Finlay Land
Paterson Id.
Seymour Id.
BERKELEY GROUP
Devereux Pt.
Noel Pt.
C. Halkett
Hosken Is.
Sherard Osborn I.
Cator Hr.
Ashington Pt.
PENN
STRAI
Stafford Pt.
Helen Id.
Harwood I.
Allard Id.
Richards Id.
C. Lady Franklin
Mackay Pt.
Sir William Parker St.
Cracroft St.
Kew Bay
Hooker
Loney I.
C. Robert Smart
Young Inlet
Annie Pt.
Cape Davis
Lyall Pt.
Robert Harbour
C. Fleetwood
Mt. Rendezvous
Mt. Richards
Cameron Bay
C. Fortune
Charles Pt.
Mt. Wilmot 800 feet
Acheron Hd.
Ware Pt.
Herbert Pt.
C. Mary
Emma Pt.
Oliver Hr.
Grogan Morgan Range
Humphries Hill
Organ Heights
Murray Hills
Sulivan Inlet
Stokes Range
2300
Balear-ras I.
Kerswill I.
Purcell Bay
Pym Pt.
C. Kenedy
C. Elphinstone
Evans Bay
C. Hooper
Dampier Bay
Gambier Pt.
Arnott Bay
Turnbull Pt.
May Inlet
Chubb Pt.
Stuart Bay
Key Pt.
Lindsay Bay
Erskine Inlet
Jeffries Range
1500 ft.
Adam Range
Thornton Pt.
C. Hotspur
Dundee Bight
C. Aldrich
Pearse Inlet
CORNWALLIS ISLAND
Scoresby Mountains
Longford Pt.
Pell Inlet
Goodsir Inlet
Herbert Pt.
Bracebridge Inlet
Osborn's farth.
Schomberg Pt.
Scoresby Pt.
Markham Pt.
Graham Moore Bay
Hooker Bay
Fanshawe Pt.
Hall I.
Daniell Pt.
Playfair Pt.
May Cove
BATHURST PENINSULA
Bass Pt.
Byam Martin Id.
De la Beche Bay
Lacey Pt.
Kay Pt.
AUSTIN CHANNEL
Mt. Bullock
Langley Pt.
Keene Bank
Harding Pt.
Esquimaux Hills
Peddie B.
Round Hill
Evans Pt.
Freemans Cove
Bedford B.
Peaks
C. Gillman
C. Cockburn
Allison Cr.
Ackland B.
Frazer Pt.
C. Capel
Moore I.
Baker I.
Garrett I.
Resolute abandoned May 1854
Lowther I.
Davy I.

67

AM NORDPOL

Der Nordpol ist der nördlichste Punkt der Erde. Da die Polargebiete wenig von der Sonne beschienen werden, herrschen dort zumeist frostige Temperaturen. Unternehmen Sie auf einer uralten Karte aus dem Jahr 1606 eine spannende Erkundungsreise am Polarkreis.

Wer weiß was?

1 Wobei handelt es sich um eine nicht vorhandene Phantominsel, die aber auf alten Karten eingezeichnet wurde?

2 Wo lesen Sie den Namen der schweizerischen »Bundesstadt«?

3 Ergänzen Sie einen Buchstaben, um die Hauptstadt Englands zu erhalten.

Zum Querdenken

4 Mit welchem Wort auf der Karte kommen Sie garantiert in die Charts?

5 Welcher Ort auf Grönland eignet sich besonders gut, um seinen Durst zu löschen?

Zählen Sie mal!

6 Wie viel Mal kommt auf der Karte die Buchstabenkombination »land« in vollständiger Darstellung vor? Groß- oder Kleinschreibung spielt keine Rolle.

Gucken Sie genau!

7 Suchen Sie auf der Karte nach Königin Elisabeth.

Gut in Form?

8 Hier könnten Sie punkten! Finden Sie diesen Aufschnitt auf der Karte!

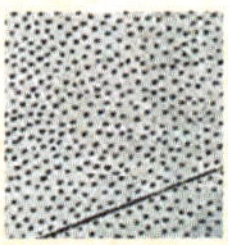

Gradus 75 latitudinis 80 85 90
Rupes nigra et altissima
POLUS ARCTICUS
Hec insula optima est et saluberrima totius septentrionis.
Hic euripus 3 ingreditur ostys, et quotannis ad 3 circiter menses congelatus manet latitudinem habet 37 leucarum
Pygme
Mare gla.
Groclant
Hit als Sandersons Hope prom
Na prom
Neum pro.
Sadi prom
Diuer flu
S. Thome cenobium
Alba
Ther flu.
Screslin.
gers
Ecder flu.
Nurdil prom.
London cost
Fisher flu.
Marhant yle
Han flu.
Chidles C.
Warwiks
Conties sound
GROENLAND
Han prom
Lande fl.
Mander prom.
Beers & Lockes land
Warwiks forland
Maryaster insula
Ther prom
Boier flu.
Chon prom.
Gui prom.
OCEANUS SEPTEN
Witsurr mo.
Adelwik
Natz
Grims ey
Greuiastari
C. Gtel
Hales iland
C. Spagia
Staps
Gils
Malar
Langa ness
ISLAND
Ikrida
Hoy
Circulus Arc
ticus
Papey
Bern
Horn
Skalholt
Hecla m.
Keplawik
Sceluoge
Westman na
Picknekap
Neome
Gorge pu. glasker
Kronnigs gard
Campa
Duilo
Aqua
Cabaru
Bonden dea
Sanestol
Frisland
Rane
Ocibar
Godmer
Hofo
Ledeue
Elizabe pron.
ciale

ISLANDS OSTEN

So sah Island 1590 aus – zumindest stammt die Karte aus jenem Jahr. Entdecken Sie die im Atlantischen Ozean gelegene wilde Insel, die zu Nordeuropa gezählt wird und als größte Vulkaninsel der Erde gilt.

Zählen Sie mal!

1 Wie viele Tiere – vollständig oder abgeschnitten dargestellt – tummeln sich auf der Karte?

2 Nun zählen Sie alle Gebäude-Symbole auf der Karte.

3 Wie viel Mal lesen Sie auf der Karte die Buchstabenkombination »hof«? Groß- oder Kleinschreibung spielt keine Rolle.

Gut in Form?

4 Zeigen Sie auf der Karte, woher dieser Ausschnitt stammt.

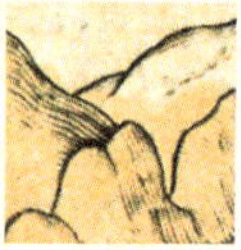

Wer weiß was?

5 Kennen Sie den Song? Cole Porter schrieb 1936 das Lied »I've Got You Under My …«?

Gucken Sie genau!

6 Wo finden Sie den »Finnafiord«?

Für Sprachgewandte

7 Finden Sie ein »denkwürdiges« Wort – Lateinkenntnisse sind klar von Vorteil!

8 Wo auf Island treibt sich AL RADA herum? Lösen Sie das Anagramm, um diesen orientalisch anmutenden Mann zu finden.

Finnafiord
Sandvig
Digranes
Strand
Hof
Vopnafiorder
Kurbar
Iokus a
In hoc lacu eſt anguis insolitæ magnitudinis, no: xius incolis: apparet cum memorabiles ingruunt mutationes
Balanes
Reydar fiord
Garavig
Bern fiord
AVSTLENDIN GAFIORDVNG
Skirdu cloſter
Fliotzdallr
Aradal
Rykia heydur
Mynotn
dinæ ſulphureæ
præſtantiſsimæ
Hierſkeyd
Iokuls a
Myrat
Hofdi
Horna fiord
Horn
Breid
Skin eyer
Brolangs eyer
P.
Ingols hofdi
N
Aſtuta vulpe cularum vena tio, in nidis volu crum inueſtigandis atque diripiendis
Skabt a
Almaphot
Pleotz hur bi
Lomaguepheer
Kirke bar cloſter
edalland
Pyrknebar cloſter

69

FRANZ JOSEPH IN RUSSLAND

Franz-Josef-Land ist eine Inselgruppe im Nordpolarmeer, die zu Russland gehört. Benannt wurde sie bei einer österreichischen Nordpolexpedition nach Kaiser Franz Joseph I. (1830–1916). Schauen Sie sich dort einmal um!

Große Namen

1 Welche Insel wurde vermeintlich nach einem 1643 geborenen englischen Mathematiker und Philosophen benannt?

2 Diese britische Krankenschwester mit Vornamen Florence wurde auch die »Lady mit der Lampe« genannt.

Wer weiß was?

3 Diese Melissa ist eine 1961 geborene US-amerikanische Sängerin, die unter anderem mit einem Oscar ausgezeichnet wurde.

4 Welcher auf der Karte genannte Skandinavier wurde 1922 mit dem Friedensnobelpreis ausgezeichnet?

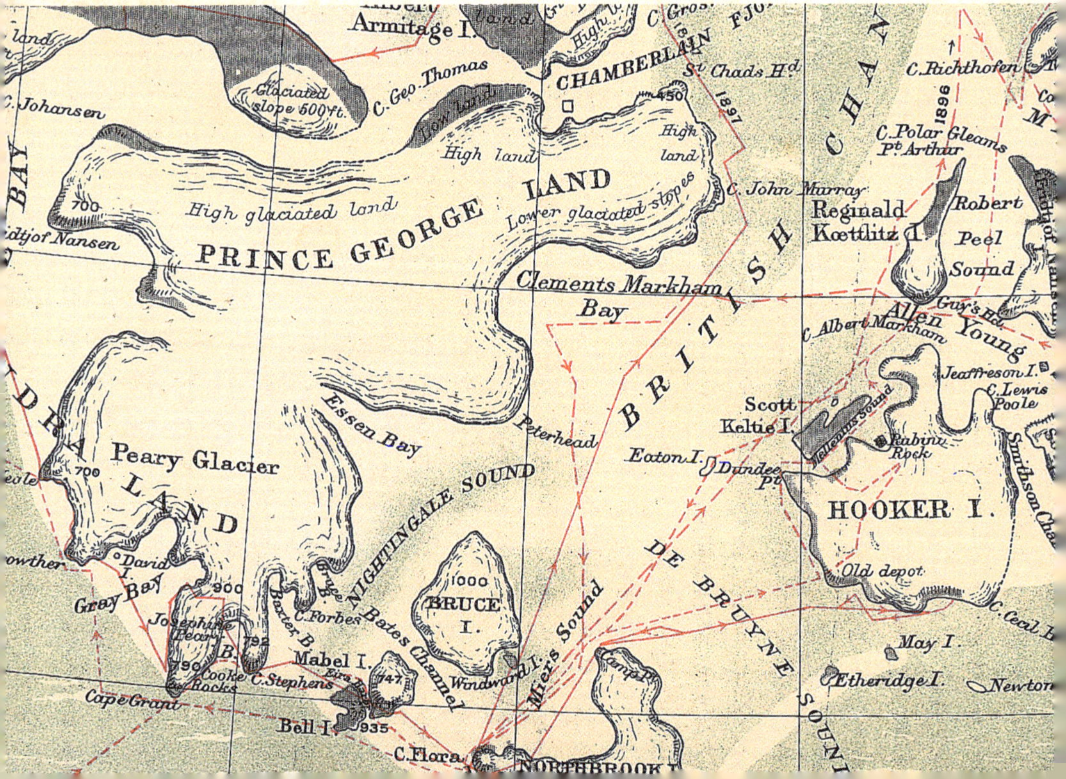

70

BESUCHEN SIE DIE SAMEN

Lappland ist ein großes Gebiet im Norden Skandinaviens und der Halbinsel Kola. Die Ureinwohner Lapplands werden heute Samen genannt. Lappland ist ein unwirtliches Gebiet, aber perfekt für ein Rätselabenteuer!

Gucken Sie genau!

1 Entdecken Sie auf der Karte Hammerfest, das bis 1998 als nördlichste Stadt der Welt galt.

2 Kommen Sie in einem »Closter« zur Ruhe.

3 Wo auf der Karte sehen Sie »Ringe«?

4 Die »Ommagang« treibt in Lappland ihr Unwesen – aber wo genau?

Zählen Sie mal!

5 Wie viele »Koten« – samische Behausungen – werden auf der Karte dargestellt?

WO LIEGT WAS IN SKANDINAVIEN?

Skandinavien ist eine Halbinsel im Norden Europas. Zu den skandinavischen Ländern werden in der Regel Norwegen, Schweden und Dänemark sowie manchmal auch Finnland gezählt. Reisen Sie nun auf einer »stummen Karte« durch diese Länder. Wo befinden sich die gesuchten Orte?

1 Hammerfest kennen Sie sicher bereits. Wo liegt die Stadt noch mal?

2 Besuchen Sie die schwedische Hauptstadt Stockholm.

3 Nein, das ist nichts Anzügliches: Berühren Sie den Bottnischen Meerbusen.

4 Bleiben wir beim Wasser: Wo befindet sich der Vänern, der größte See der Europäischen Union?

5 Die dänische Stadt Odense befindet sich auf der Insel Fünen – also wo genau?

6 Statten Sie der finnischen Stadt Tampere einen Besuch ab, der größten Binnenstadt Skandinaviens.

7 Wo liegt die schwedische Insel Gotland?

8 Der Varangerhalvøya-Nationalpark befindet sich auf einer Halbinsel im Norden Skandinaviens. Wo genau?

9 Fahren Sie über die im Jahr 2000 für den Verkehr freigegebene 7845 m lange Öresundbrücke.

10 Wo liegt die norwegische Hauptstadt Oslo?

72

DAS ALTE RUSSLAND

Es war im Jahr 1547, als Iwan IV. – genannt »der Schreckliche« – zum ersten russischen Zaren gekrönt wurde. Unternehmen Sie mit dieser Karte von 1608 eine Reise in das alte Russland.

Gut in Form?

1 Finden Sie auf der Karte die Stelle, von der dieser Ausschnitt stammt.

Wer weiß was?

2 Wo liegt der größte See Europas?

3 Und wo liegt der Onegasee, der zweitgrößte See Europas?

Zählen Sie mal!

4 Wie viel Mal lesen Sie auf der Karte das Wort »lago«, egal ob groß- oder kleingeschrieben?

73

INMITTEN DER UKRAINE

Diese Karte der Ukraine wurde durch den Franzosen Guillaume le Vasseur de Beauplan (um 1600–1673) erstellt. Damals gehörte sie noch zum Königreich Polen. Heute ist die Ukraine der größte ausschließlich innerhalb von Europa liegende Staat.

Wer weiß was?

1 Streichen Sie aus dieser Bezeichnung ein »r«, um den Nachnamen der Hauptfigur aus »Charlie und die Schokoladenfabrik« zu erhalten.

Für Sprachgewandte

2 Wo auf der Karte ist ein freundlicher Herr namens KEN ZAREBA unterwegs? Lösen Sie das Anagramm, um es herauszufinden.

Zählen Sie mal!

3 Wie häufig finden Sie mit »R.« abgekürzte Flussbezeichnungen auf der Karte?

74

ERKENNEN SIE DIESES LAND IN EUROPA?

Je nach Grenzziehung zwischen Europa und Asien gibt es in Europa etwa 47 Staaten. Bestimmt können Sie sagen, wo welches Land liegt. Aber gelingt es Ihnen auch, die folgenden zehn Länder anhand ihrer Umrisse zu erkennen und ihnen auch die passende Beschreibung zuzuordnen?

1 In diesem Land befindet sich der westlichste Punkt des europäischen Festlands.

2 Dieses Land heißt in der Landessprache Suomi.

3 Die Hauptstadt dieses unter anderem an Italien angrenzenden Landes ist Ljubljana.

4 Die drei größten Flüsse in diesem Land sind die Weichsel, Oder und Warthe.

5 Eines der neun Bundesländer in diesem europäischen Land heißt Burgenland.

6 Dieses Land hat eine 362 km lange Küste an der Adria und dem Ionischen Meer.

7 Bei diesem europäischen Land handelt es sich um ein Großherzogtum.

8 Die Nationalhymne dieses Landes trägt den Titel »Der er et yndigt land« (»Es gibt ein lieblich Land«).

9 Dieses Land trennte sich 1993 friedlich von der Slowakei.

10 Die zweitgrößte Stadt in diesem europäischen Land heißt Cluj-Napoca.

A

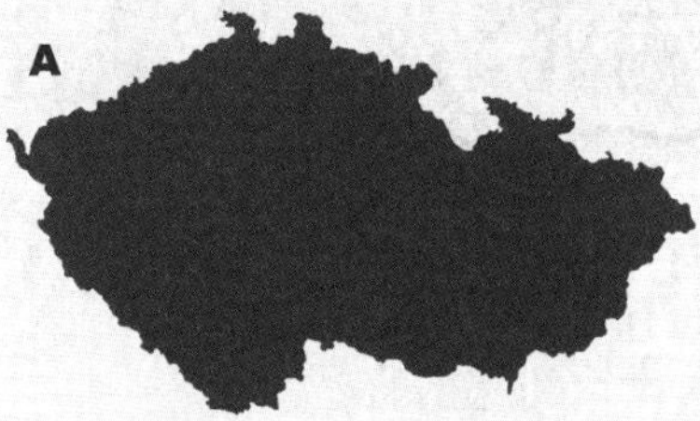

B

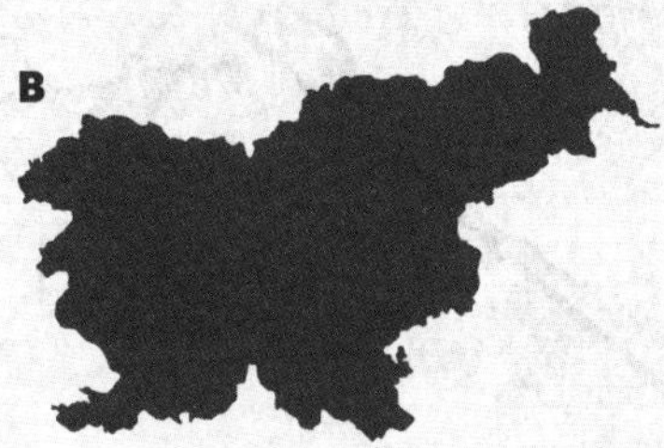

C

D

E

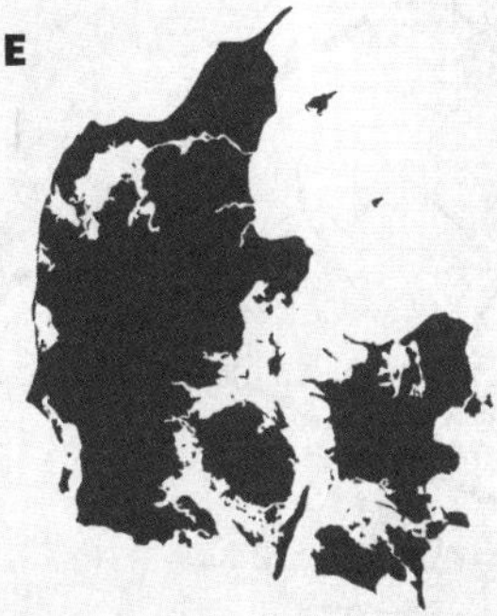

F

G

H

I

J

DIE HISTORISCHE LANDSCHAFT LIVLAND

75

Livland bezeichnet eine mittelalterliche Landschaft auf dem Gebiet des heutigen Baltikums. Gezeigt wird Ihnen ein Ausschnitt aus einer Karte des niederländischen Kartografen Johannes Janssonius (1588–1664).

Wer weiß was?

1 Wie heißt die Hauptstadt Lettlands?

2 Ganz schön lange her: Suchen Sie auf der Karte nach dem ältesten Sohn der biblischen Figur Noah.

Gucken Sie genau!

3 Sehen Sie sich am Ort »Salatt« satt.

Zählen Sie mal!

4 »Z« wie Zählen: Wie viele vollständig sichtbare Bezeichnungen auf der Karte enthalten mindestens ein »z«, egal ob klein oder groß?

DIE ÄLTESTE KARTE NORDEUROPAS

Sehen Sie hier einen Ausschnitt aus der berühmten »Carta Marina« des schwedischen Bischofs Olaus Magnus (1490–1557). Aus dem Jahr 1539 stammend ist dies die älteste Landkarte Nordeuropas.

Gut in Form?

1 Finden Sie heraus, wo dieses Quadrat aus der Karte ausgeschnitten wurde.

Große Namen

2 Der Song »Poker Face« stammt von der US-amerikanischen Sängerin Lady ...«?

Zählen Sie mal!

3 Wie viele deutlich sichtbare Kronen zählen Sie auf der Karte? Und bitte wirklich alle Kronen zählen – halbe Kronen zählen auch mit!

77

ZU DEN FJORDEN IM NORDEN

Ein Fjord ist ein lang gestreckter Meeresarm, der tief ins Landesinnere reicht. Besonders reich an Fjorden ist das skandinavische Norwegen. Betrachten wir einmal die Region rund um Stavanger im Südwesten des Landes.

Gucken Sie genau!

1 Ist es die Route 66? Wohl nicht! Wo auf der Karte lesen Sie die Zahl 66?

2 Suchen Sie auf der Karte nach dem Garsundsfjord.

3 Finden Sie auf der Karte die Sehenswürdigkeit »Prekestolen«.

Für Sprachgewandte

4 Ergänzen Sie bei dieser Ortsbezeichnung ein »r« um sich »stark« wie ein Engländer zu fühlen.

5 An welchem Ort würde ein Engländer »Verrückte« vermuten?

Wer weiß was?

6 Bei diesem Ort ändern Sie den ersten Buchstaben in ein C, um ein bekanntes Musical von Andrew Lloyd Webber zu erhalten.

Große Namen

7 In welchem Ortsnamen steckt der Vorname des norwegischen Polarforschers Amundsen?

Zählen Sie mal!

8 Wie viele Bezeichnungen auf der Karte beginnen mit einem »Ø«? Die Bezeichnungen müssen nicht vollständig sichtbar sein, das »Ø« schon.

9 Zählen Sie die mit einem schwarzen Kreis und einem Kreuz markierten kirchlichen Gebäude.

Straumøy
Auklands-
hamn
Førde
Haugsgjerdet
741
Haugsfjell
Etne
26
Saudasjøen
Sauda
Vikevik
Ølen
Ølensvåg
Roaldkvem
1188
Honganvik
Buavåg
Rød
43
Eltra-
våg
Sveio
Framnes
E134
Hustveitsåta
Vantvik
Sandeid
36
Låkafossen
Ås
Vigdarvatn
Kvalvåg
Lauvvik
Hylsfj.
Fredet
gård
Våge
Iljarås
Skjold
Vikedal
Aksland
Vats
Våg
47
Sand
Ersdal
Vas
12
Skjoldastraumen
Vindafjorden
Vormestrand
Førdes-
fjorden
Hundsnes
Stråtveit
Yrkje
Sandsfjorden
13
Vatlandsvåg
Kolstø
631
Bauta-
steiner
Apeland
Lammanut
Ryfylke
Hebnes
E39
Fiska
Espevik
Håland
Erfjord
Indre
Eiane
Jelsa
Røyksund
Nedstrand
Fuglastein
Slåttevik
Hervik
Nedstrandfjorden
Våga
30
Bergaland
Jøsneset
Nesheim
Kopervik
32
Hervikfjorden
Ombo
Skår
Nesvik
Jøsenfjorden
Tøtlandsv
Kyrgøy
Bjer-
gøy
Stong
Bliks-
hamn
Karmsundet
Austre
Bokn
Bokn
Eidssund
Garsundsfj.
Oknafjorden
Helgøysund
Hjelmeland
Vestre Bokn
Hovda
Randøy
Halsne
13
Fistenfj.
Hetland
Mortavik
Finnøy
Judaberg
Øvre Tysdalvatn
Arsvågen
Galta
72
Skudeneshavn
Utstein-
Kloster
Talgjefjorden
Lastein
Fogn
Grønvik
Hovda
Døvik
Tveit
Eide
denesfjorden
Vikevåg
Gard
Fiskå
Tysdal-
vatnet
Kviting
Finnassand
Fognafj.
787
Kvitsøy
Kvitsøyfj.
Mosterøy
Rennesøy
Reinaknuten
Sandvatnet
Tau
Åmøy
Helleristninger
Vestre Åmøy
Hundvåg
Jørpeland
Songesand
Randaberg
Idsefjorden
13
Lysefjorden
Stavanger
Botne
Fossmork
Idsal
Prekestolen
Usken
Kvalvag
597
Rott
Høgsfjorden
Hommersåk
Øvre Espedal
Risavika
Oanes
32
Lutsivatnet
Høle
Forsand
Tjelta
Sola
Vatne
Helle
Sandnes
Hamarbø
Eikjeskog
Sviland
Ganddal
66
Oltedal
Kongeparken
Verdalen
Lomeland
Gilja
Kleppe
Kvernaland
Madland
Byrkjedal
985
Orrevatnet
Ålgård

78

TRIP NACH SCHOTTLAND

Schottland nimmt das nördliche Drittel der Insel Großbritannien ein. Wir betrachten hier den Süden dieses atemberaubenden Landes.

Wer weiß was?

1 Zeigen Sie auf die Hauptstadt Schottlands.

2 Welche schottische Großstadt liegt am Firth of Tay?

3 Welches ist die größte Stadt in Schottland?

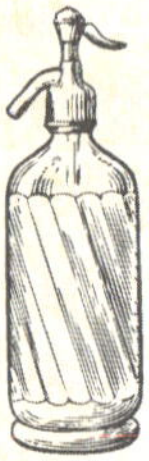

Große Namen

4 Finden Sie auf der Karte – an zwei verschiedenen Stellen – sowohl den Vornamen als auch den Nachnamen der Ehefrau von Kronprinz William.

Zählen Sie mal!

5 Raumschiff an Captain Kirk: Wie viel Mal lesen Sie auf der Karte »kirk«, egal ob groß- oder kleingeschrieben?

IN DEN SCHOTTISCHEN HIGHLANDS

Vom Süden Schottlands begeben wir uns nun in die nördlich gelegenen Highlands. Hier herrschten einst die mächtigsten Clans – was auch auf dieser Karte ersichtlich ist.

Zum Querdenken

1 Welcher der Clans scheint zum Plaudern aufgelegt zu sein?

Große Namen

2 Der kanadische Schauspieler Donald ... wurde 1935 geboren und erhielt 2017 den Ehrenoscar.

Zählen Sie mal!

3 Wie viele Jahreszahlen stehen auf der Karte?

4 Welchen Clan-Namen finden Sie auf der Karte – voll ausgeschrieben – am häufigsten, und wie viel Mal genau?

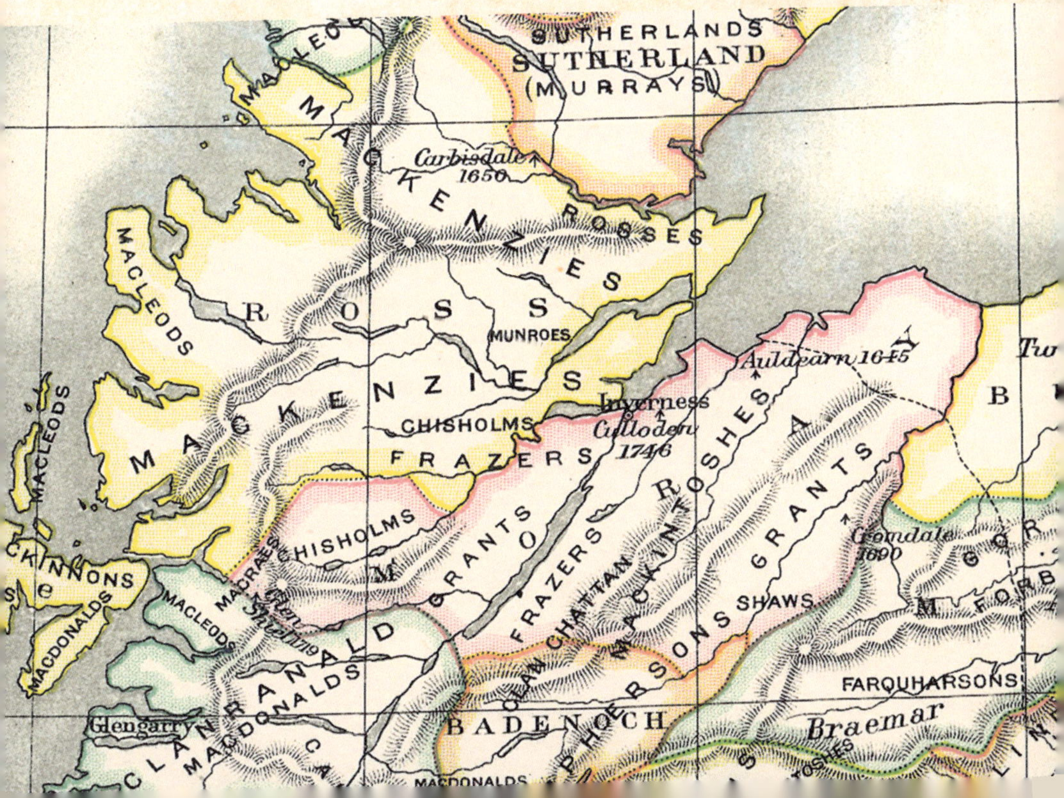

ZURÜCK IN LONDON

Dort wo die Reise begann: Sie kommen zurück nach London, in die Stadt an der Themse im Süden von England. Auf diesem modernen Stadtplan gibt es zum Abschluss noch einmal viel zu entdecken. Have fun!

Große Namen

1 Wo lesen Sie den Namen eines bedeutenden englischen Dramatikers, Lyrikers und Schauspielers?

Zum Querdenken

2 An dieser Stelle der Karte finden Sie Schimmel.

Für Sprachgewandte

3 Genehmigen Sie sich auf der Karte einen englischsprachigen »Eintopf«.

4 Wo auf der Karte lesen Sie den englischen Namen eines sehr großen Landes?

Wer weiß was?

5 Wo auf der Karte kann ein Nachbau des Flaggschiffs von Francis Drake (um 1540–1596) besichtigt werden?

6 Wo befindet sich das Grab von Horatio Nelson (1758–1805), der die Briten bei mehreren Seeschlachten zum Sieg führte?

7 Die Figur Romeo aus »Romeo und Julia« stammt aus dieser Familie.

Zählen Sie mal!

8 Wie viele »King« (König) zählen Sie auf der Karte?

Basinghall Street
Basinghall Av.
White Horse Yd.
Mason's Av.
Clock Mus.
Guildhall Art Gall.
Guildhall Bldgs.
Lit. Britain
King Edward St.
Aldersgate St.
St. Martin's le Grand
Noble Street
Oat La.
Staining La.
Wood Street
Love Lane
Aldermanbury
Basinghall Street
Coleman Street
Moorgate
Langth. Ct.
Moorgate Pl.
Great Swan Al.
Copthall Avenue
Gt. Bell Al.
Telegraph St.
Kg's. Arms Yd.
Tokenhs. Yd.
Angel Ct.
Copthall Ct.
St. Ann & St. Agnes
Angel St.
Gresham Street
Cary La.
Gutter Lane
Foster Lane
Horse & Crown Ct.
Goldsmith St.
St. Lawrence Jewry
Guildhall Yd.
Mumford Ct.
Milk St.
Mitre Ct.
Lothbury
Throgmorton
Stock Exch.
Bank of England
Bank Mus.
Bartholomew La.
Princes St.
Threadneedle
Royal Exch.
Cathe. Pl.
Churchyard
St. Vedast
Cheapside
Russia Rw.
Lawrence La.
Trump St.
King St.
Ironmonger La.
St. Olave's Ct.
Frederick's Pl.
Old Jewry
Grocers Hall Gdns.
Grocers Hall Ct.
St. Mildred's Ct.
St. Paul's Cathedral
New Change
St. Mary-le-Bow
Bread Street
Croveland Ct.
Bow Lane
Well Ct.
Queen Street
Pancras Lane
Poultry
Bucklersbury
Mansion Ho.
Victoria St.
King William Street
St. Mans. Ho. Pl.
Lombard
Change Al.
Paul's Churchyard
Watling
Godliman St.
Sermon La.
Peter's Hill
Lane
Distaff Lane
Friday St.
Cannon St.
St. Mary
Queen Victoria St.
Budge R.
Budge R.
Walbrook
St. Steph.'s Rw.
St. Stephen
St. Swithin's La.
Sherbourne La.
Abchurch La.
Nicholas Lane
Coll. of Arms
Victoria Street
Lambeth Hill
Huggin Hill
Lit. Trinity La.
Gt. Trinity La.
Garlick Hill
Gt. St. Thomas Apostle
Queen Street
Cannon Street
Cloak Lane
Coll. Hl.
Dowgate Hill
Sattler's Hall Ct.
Baynard Street
Thames Street
3211
St. James
Skinners La.
College St.
Cannon Street
Bush La.
Suffolk La.
Duckst. La.
Laurence Pountney La.
Martin La.
Arthur St.
Miles La.
High Timber St.
Broken Wharf
Gardeners La.
Stew La.
Queenhithe
Bull Wharf La.
Kennet Wharf
Vintners Pl.
Upper Thames Street
Queen St. Pl.
Bell Wharf La.
Cousin La.
Allhallows La.
Angel Pas.
Swan La.
Queenhithe Dock
The Millennium Bridge
(Footbridge)
Southwark Bridge Road
London Bridge
King William
Shakespeare's Globe Theatre
Bankside Pier
Fishmonger's Hall
Bankside
New Globe Walk
Skin Mkt. Pl.
Emerson Street
Bear Gdns.
Rose Alley
Clink Prison Mus.
Vinopolis City of Vine
Golden Hinde Mus.
Modern
Park Street
Parkstreet
Bank End
Clink St.
Stoney St.
Winchester Sq.
Winchester Walk
Cathedral St.
Montague Cl.
Tooley
Porter St.
Park St.
Canvey St.
Zoar St.
Great
Summer Bldgs.
Duke St.
London Ho.
Southwark

1

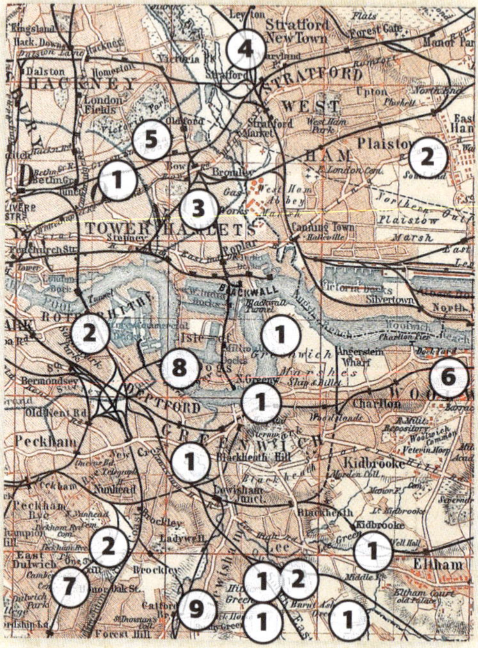

Ein Spaziergang durch London

1 Das Wort »Green« (englisch für Grün oder Grünfläche) lässt sich auf der Karte 8 Mal zählen.

2 Ab in den Süden geht es auf der Karte ganze 4 Mal.

3 Die Shakespeare-Tragödie »Hamlet« dreht sich um den gleichnamigen dänischen Prinzen, der die Ermordung seines Vaters rächen will.

4 Der US-Bundesstaat Maryland hat nur rund 6,2 Millionen Einwohner und grenzt unter anderem an Washington, D. C. Die Hauptstadt heißt Annapolis, größte Stadt ist Baltimore.

5 Benannt wurde der Victoria Park nach der britischen Königin Victoria, die von 1819 bis 1901 lebte und das Viktorianische Zeitalter prägte.

6 Das Yard hat seinen Ursprung im mittelalterlichen England und dient noch heute als angloamerikanisches Längenmaß. Ein Yard entspricht 0,9144 m.

7 Auf dem One Tree Hill befindet sich heute unter anderem ein Naturreservat mit schönem Ausblick auf die Londoner City.

8 Das englische Wort für U-Bahn lautet »Subway«. Dies ist gleichzeitig auch der Name einer bekannten US-amerikanischen Fast-Food-Kette.

9 Black Beauty wird es wohl nicht sein, aber bestimmt haben Sie Black Horse – das schwarze Pferd – entdeckt?

2 Im Südosten Englands

1 Das englische Wort für Kopf lautet »Head«.

2 Die 346 km lange Themse mündet östlich von London in die Nordsee.

3 Die University of Oxford wurde um das Jahr 1096 gegründet. Sie ist damit die älteste Universität im englischsprachigen Raum.

4 Der Heilige Alban von England soll um das Jahr 305 als erster christlicher Märtyrer Britanniens hingerichtet worden sein.

5 Dover ist eine Hafenstadt am Ärmelkanal. In der Römerzeit trug die Stadt den Namen Portus Dubris.

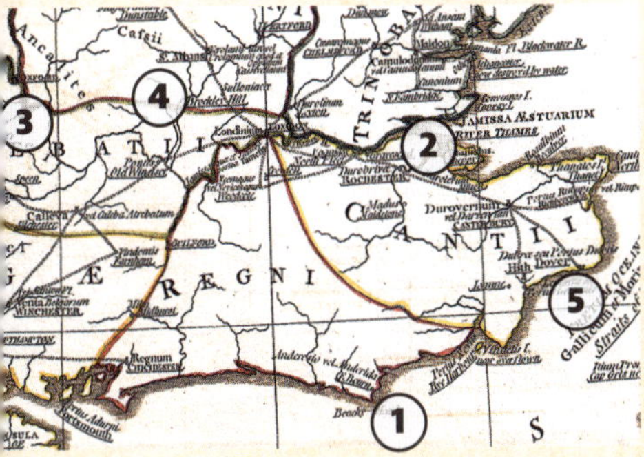

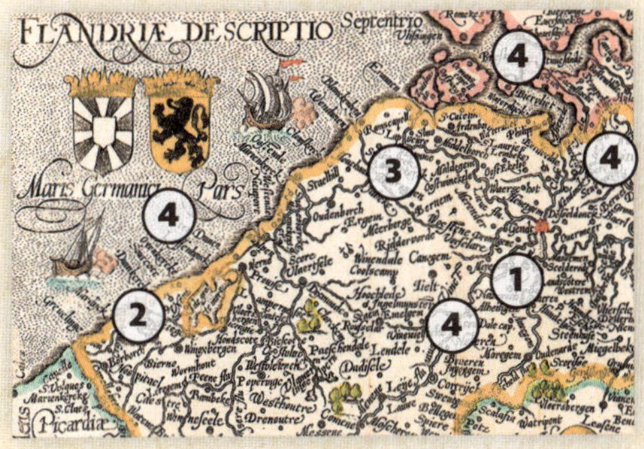

3 Wandern in Flandern

1 Nazareth ist eine kleine belgische Gemeinde mit rund 12 000 Einwohnern, gelegen nahe der Großstadt Gent.

2 Dünkirchen liegt heute auf französischem Gebiet. Bekannt ist die Stadt unter anderem durch die Schlacht von Dünkirchen im Jahr 1940.

3 Jean-Claude Van Damme wirkte unter anderem in den Filmen »Universal Soldier« und »Harte Ziele« mit.

4 Auf der Karte lassen sich 4 Ortsnamen mit »ter« oder »ten« zu Beginn zählen.

4

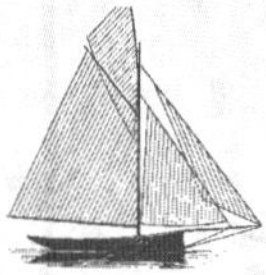

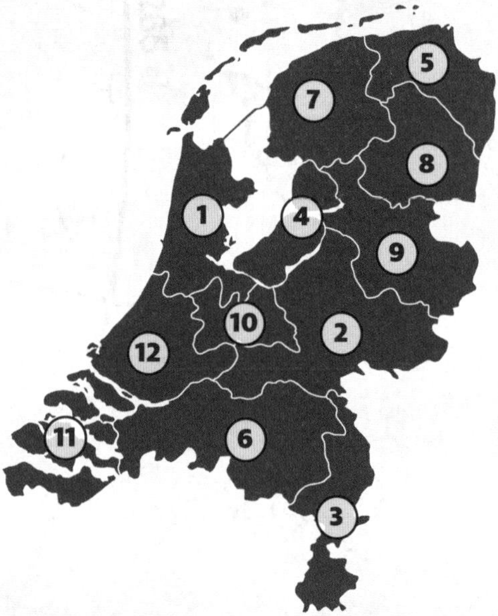

Die Niederlande als Puzzle

Ist es Ihnen gelungen, alle zwölf Puzzle-Teile korrekt zuzuordnen?

1 Noord-Holland

2 Gelderland

3 Limburg

4 Flevoland

5 Groningen

6 Noord-Brabant

7 Fryslân

8 Drenthe

9 Overijssel

10 Utrecht

11 Zeeland

12 Zuid-Holland

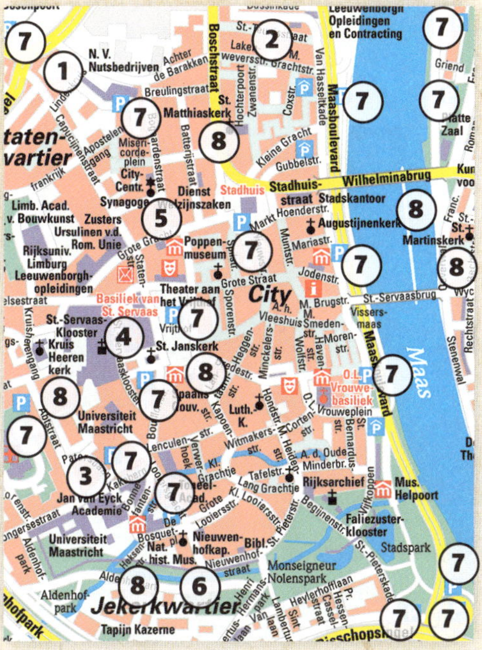

Flanieren an der Maas

1 DENIS LURKIN lauert an der Lindenkruis.

2 Die Tuchweberstraße heißt auf Niederländisch »Lakenweverstr.«.

3 Jan van Eyck wurde um 1390 unweit von Maastricht geboren und entwickelte sich zu einem der bedeutendsten Künstler seiner Epoche.

4 Nach dem »Eisheiligen« Servatius wurde in Maastricht die Basiliek van St. Servaas – die Servatiusbasilika – benannt.

5 Die Synagoge ist ein jüdisches Versammlungsgebäude, das auch – aber nicht nur – dem Abhalten jüdischer Gottesdienste dient.

6 Fossilien der Mosasaurier lassen sich im Naturhistorischen Museum (»Nat. hist. Mus.«) bestaunen. Entdeckt wurden die ersten fossilen Nachweise von Mosasauriern 1770 bei Maastricht.

7 Haben Sie alle 16 Parkplatzsymbole gezählt?

8 Es sind 6 »kerk«. Die Buchstabenkombination in »Jekerkwartier« haben Sie doch sicherlich nicht übersehen?

6

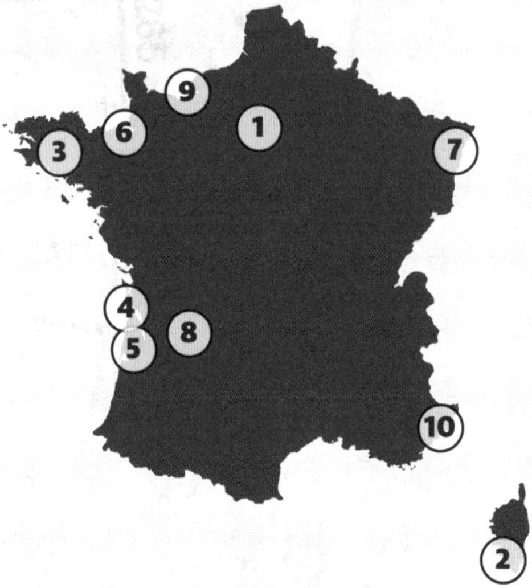

Wo liegt was in Frankreich?

1 Paris ist die am dichtesten besiedelte Großstadt Europas: Auf jedem Quadratkilometer Stadtfläche tummeln sich etwa 21 000 Einwohner.

2 Ajaccio ist die Hauptstadt der Mittelmeerinsel Korsika. Hier kam 1769 Napoleon Bonaparte zur Welt.

3 Die Bretagne ist eine Halbinsel ganz im Westen Frankreichs.

4 Die Gironde ist ein sogenanntes Ästuar, eine typische Form von Flussmündungen an Küsten mit starken Gezeiten. Am Zusammenfluss von Garonne und Dordogne bildet sie den größten Mündungstrichter in Europa.

5 Die Großstadt Bordeaux liegt im Südwesten Frankreichs und ist besonders bekannt für ihr Weinbaugebiet.

6 Auf der Insel Mont-Saint-Michel im Wattenmeer der Normandie wurde im Mittelalter die gleichnamige Abtei erbaut – heute ein beliebtes Fotomotiv von Frankreichurlaubern.

7 Das Europäische Parlament sowie eine Reihe weiterer europäischer Institutionen befinden sich in Straßburg.

8 Die Höhle von Lascaux liegt in der Dordogne. 1963 wurde die Höhle für den Publikumsverkehr geschlossen, da die Atemluft der Besucher zur Bildung von Schimmel führte.

9 Die Seine mündet bei der Großstadt Le Havre – gelegen in der Normandie – in den Ärmelkanal.

10 Monaco, nach Vatikanstadt der zweitkleinste Staat der Erde, liegt an der Côte d'Azur.

7

Reif für die Insel

1 Die mittelalterliche Kirche Saint-Denis-de-la-Chartre, die auf unserer Karte noch verzeichnet ist, wurde 1810 abgerissen.

2 Zwar ist – links oben in der Karte – ein Teil der Pont Neuf sichtbar. Das Wort »Neuf« lesen Sie aber woanders.

3 Dauphin war der Adelstitel des jeweiligen Thronerbes in Frankreich. Gemeint ist hier speziell der spätere französische König Ludwig XIII. (1601–1643).

4 Konnten Sie den Ausschnitt auf der Karte aufspüren?

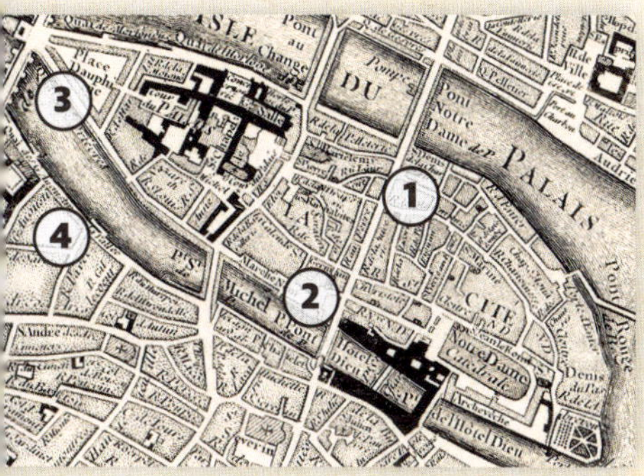

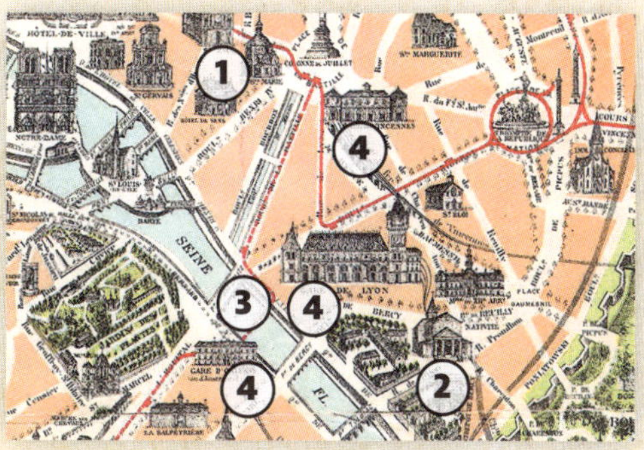

8

Entlang der Seine

1 Der vierte Beatle ist natürlich Paul (McCartney). In einem Pariser Hotelzimmer erhielten die Beatles 1964 die Nachricht, dass »I Want to Hold Your Hand« ihr erster Nummer-eins-Hit geworden war.

2 Dijon ist eine Großstadt im Osten Frankreichs. Der berühmte Dijonsenf soll bereits im Mittelalter hergestellt worden sein.

3 In der Schlacht bei Austerlitz besiegte Frankreich mit seinem selbst gekrönten Kaiser Napoleon I. eine von Russland und Österreich gebildete militärische Allianz.

4 Auf der Karte sind 3 Bahnhöfe abgebildet. Der Gare de Lyon zählt zu den verkehrsreichsten Bahnhöfen von Paris.

9

Im Süden Frankreichs

1 Die Rhone fließt auf einer Länge von 807 km durch die Schweiz und Frankreich. In der Provence mündet sie ins Mittelmeer.

2 Die höchste Zahl, die auf der Karte geschrieben steht, lautet 6572.

3 Das Camargue-Pferd wurde schon von Julius Cäsar lobend erwähnt. Die widerstandsfähigen Pferde kommen schwarz oder dunkelbraun zur Welt und werden dann im Lauf der Zeit weiß.

4 In einem französischen Volkslied aus dem 15. Jahrhundert heißt es: »Sur le pont d'Avignon, on y danse, on y danse, ...«

5 Thor ist in der nordischen Mythologie vor allem als Gewitter- und Wettergott bekannt.

6 Haben Sie den »Arc de Triomphe« – den Triumphbogen von Orange – auf der Karte entdeckt?

7 Das französische Wort für Haltbarkeit lautet »Durance«. Die Durance ist ein Nebenfluss der Rhone.

8 Es sind insgesamt 8 Autobahnraststätten – Sie können sich bei Ihrer Fahrt durch die Provence also richtig satt essen.

10 Wildes Korsika

1 800 Höhenmeter sind noch gar nichts. Die höchste Erhebung Korsikas ist der Monte Cinto mit einer Höhe von 2706 m.

2 Bestimmt sind Sie gut in Form und konnten den Kartenausschnitt rasch aufspüren.

3 Porto Vecchio ist eine Stadt auf Korsika mit knapp über 11 000 Einwohnern und verfügt über den drittgrößten Hafen der Insel.

4 Pietrapola ist ein Dorf auf Korsika, das unter anderem ein Thermalbad bietet.

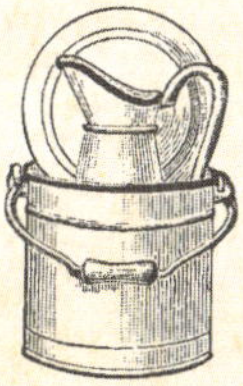

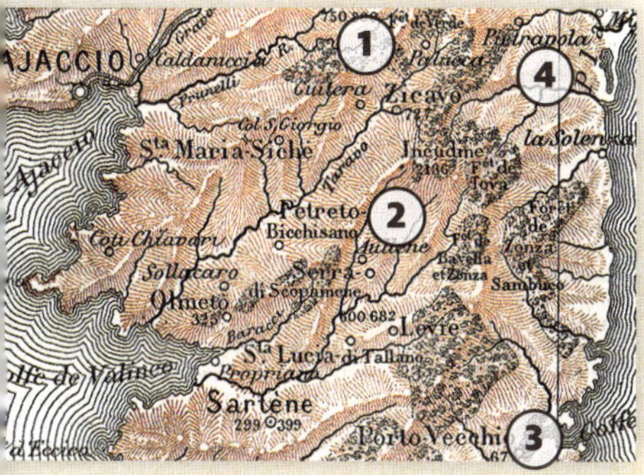

11 Grüezi mitenand

1 Die Ortschaft Urnen gibt es auf der Karte gleich zweimal – einzig unterschieden mit dem Zusatz »Neder« und »Ober«.

2 Steinen ist eine kleine Gemeinde im Kanton Schwyz, die manchmal auch »Chrisiedorf« genannt wird und für ihr Kirschwasser bekannt ist.

3 Auf Französisch heißt die Schweiz »Suisse«.

4 Auf dem Wappen des Kantons Glarus ist der heilige Fridolin zu sehen, ein irischer Wandermönch und Klostergründer. Nur sein Todesjahr ist bekannt: 538.

12

Ausflug an den Bodensee

1 Der Flugplatz Konstanz wurde 1965 an seinen heutigen, auf der Karte vermerkten Standort verlegt.

2 3 Mal. Die Pfahlbauten im Bodensee sind Bauwerke aus vorgeschichtlicher Zeit und zählen seit 2011 zum UNESCO-Weltkulturerbe.

3 Auf dem Konzil von Konstanz diskutierten 600 Kleriker über Glaubensfragen. Außerdem wurde der böhmische Reformator Jan Hus (um 1370–1415) trotz zugesagten freien Geleits öffentlich verbrannt.

4 Der schwedische Graf Lennart Bernadotte (1909–2004) machte die Insel Mainau als »Blumeninsel« zu einem touristischen Anziehungspunkt.

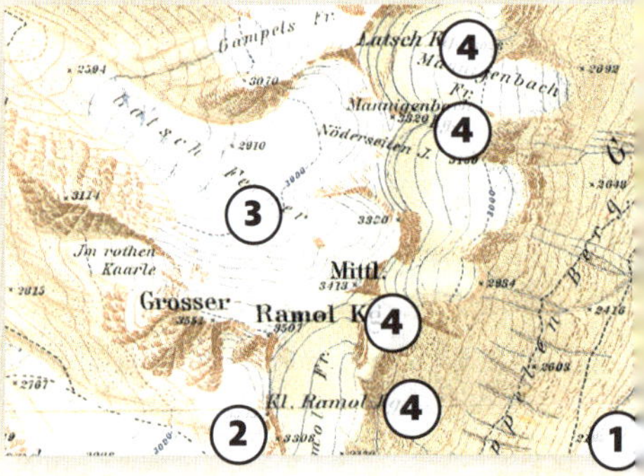

13

Kraxeln in den Ötztaler Alpen

1 Die niedrigste auf der Karte verzeichnete Höhe ist 2185 m.

2 Haben Sie die Schnapszahl 3333 auf der Karte entdeckt? Dann prost!

3 Die Tiroler Bezeichnung für einen Gletscher lautet »Ferner«.

4 Die Abkürzung »Kg.« finden Sie 4 Mal auf der Karte. Der Begriff Kogel steht für eine Bergkuppe.

14

Das Gondel-Labyrinth

Haben Sie die Prüfung zum Gondoliere bzw. zur Gondoliera bestanden? Prüfen Sie esanhand der folgenden Grafik. Übrigens: Steuerbord bezeichnet in der Seemannssprache die rechte Seite und Backbord die linke.

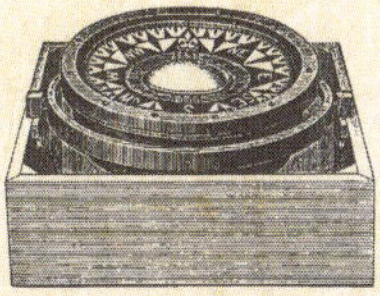

15

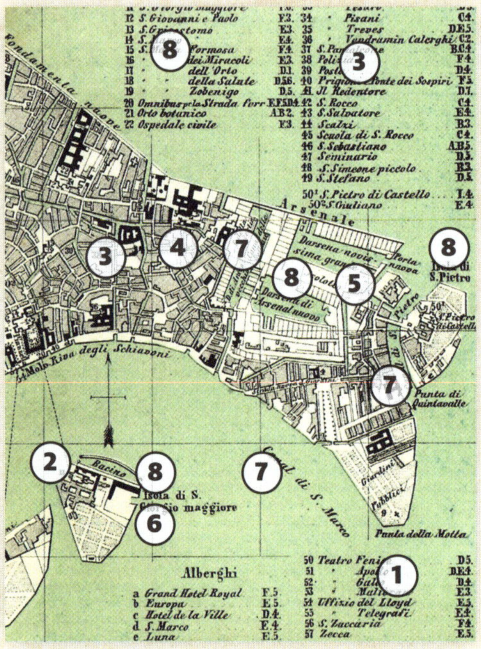

Gratis Sightseeing in Venedig

1 Apollo ist der römische Gott des Lichtes, der Weissagung und Künste sowie auch der Heilkunst. Ursprünglich entstammt er der griechischen Mythologie, wo er Apollon heißt.

2 Mit der 11 wird auf der Karte die Kirche San Giorgio Maggiore nummeriert.

3 Schauen Sie in der Liste, welche Nummer die Polizeistation hat: Es ist die 38. Sie lässt sich schnell auf der Karte finden.

4 Sie haben den Ausschnitt in der Altstadt Venedigs gesucht – und ganz bestimmt auch gefunden, nicht wahr?

5 Das italienische Wort für groß lautet »grande«. Das »Grand« im Grand Hotel können wir leider nicht gelten lassen.

6 Georg – in diesem Fall der heilige Georg, der Drachentöter – heißt in Italien Giorgio.

7 In Venedig gibt es unzählige Kanäle. Auf der Karte finden Sie aber nur 3 Mal das Wort »Canal«.

8 Haben Sie alle 4 »iso« gefunden? Das italienische Wort »Isolotto« bedeutet übrigens »Inselchen«.

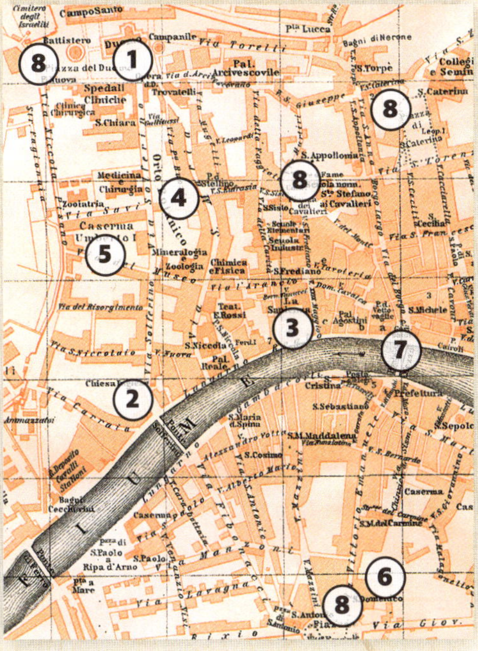

Der große Pisa-Test

1 Der Dom zu Pisa wurde bereits 1118 vom damaligen Papst Gelasius II. geweiht. Der Grundstein für den berühmten schiefen Glockenturm (»Campanile«) wurde 1173 gelegt.

2 Konnten Sie die englische Kirche – die »Chiesa Inglese« ausfindig machen?

3 Die Weisheit heißt auf Italienisch »Sapienza«.

4 ARNO BOICOTTO treffen Sie im Orto Botanico, also im Botanischen Garten.

5 Der italienische Schriftsteller Umberto Eco lebte von 1932 bis 2016. Den Vornamen teilt er sich mit den italienischen Königen Umberto I. (1844–1900) sowie Umberto II. (1904–1983).

6 Domenico Scarlatti schuf im 18. Jahrhundert unter anderem unvergessliche Sonaten für das Cembalo.

7 Giuseppe Garibaldi (1807–1882) war ein wichtiger Protagonist der italienischen Einigungsbewegung in den Unabhängigkeitskriegen.

8 In ausgeschriebener Form lassen sich auf der Karte 4 »Piazza« zählen. Alle gefunden? Dann streichen Sie das erste »a« und Sie erhalten eine Pizza!

17

Fehlersuche in Rom

1 Ein Forum war im alten Rom ein Platz, der dem politischen, ökonomischen und auch sonstigen Austausch diente.

2 Der Schauspieler Gregory Peck lebte von 1916 bis 2003 und erhielt 1963 einen Oscar für seine Rolle in »Wer die Nachtigall stört«.

3 Fataler Fehler! Aus dem Circus Maximus wurde kurzerhand der Circus Minimus gemacht.

4 Bestimmt haben Sie den neu hinzugekommenen Obelisken rasch gefunden, nicht wahr?

5 Dieser illegale Neubau muss einfach abgerissen werden!

6 Haben Sie entdeckt, wo der Baum gepflanzt wurde? Bestimmt handelt es sich um einen Lorbeerbaum für die Siegerkränze.

7 Dieses Dach hat auf der unteren Karte einen neuen Anstrich erhalten.

8 Haben Sie den Teich gefunden oder sind Sie bei der Suche Baden gegangen?

9 Zugegeben: Den römischen Umweltminister Plantus gab es gar nicht, aber die neue Grünfläche auf der unteren Karte ist deutlich zu sehen.

18

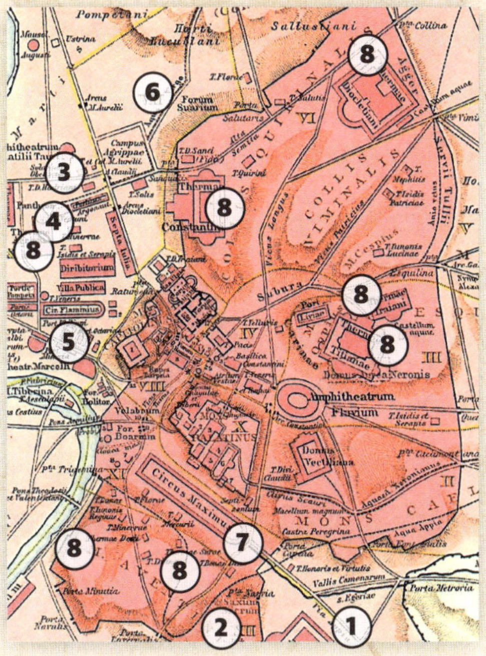

Alle Wege führen durch Rom

1 Mit dem Bau der Via Appia wurde bereits im Jahr 312 v. Chr. begonnen. Sie führt auch heute noch von Rom ins 540 km entfernte Brindisi.

2 Die höchste römische Zahl, die auf der Karte gelesen werden kann, ist die XII (12).

3 Den 117,5 km langen Hadrianswall ließ Kaiser Hadrian zwischen 122 und 128 n. Chr. errichten, um den Handel und Verkehr an der Nordgrenze zu überwachen.

4 Auch das Pantheon in Rom ließ Kaiser Hadrian bis 128 n. Chr. fertigstellen. Über 1300 Jahre lang verfügte es über die größte Kuppe der Welt – bis es 1436 vom Dom zu Florenz abgelöst wurde.

5 Brutus fragt in der Tragödie den Geist Julius Caesars: »Why comest thou?«, und der Geist erwidert: »To tell thee thou shalt see me at Philippi.«

6 »Aqua Virgo« bedeutet aus dem Lateinischen übersetzt »jungfräuliches Wasser«.

7 Am größten ist dem Namen nach der Circus Maximus. »Maximus« bedeutet auf Lateinisch »der größte«.

8 Auf der Karte lassen sich 7 ausgeschriebene »Thermae« zählen.

19

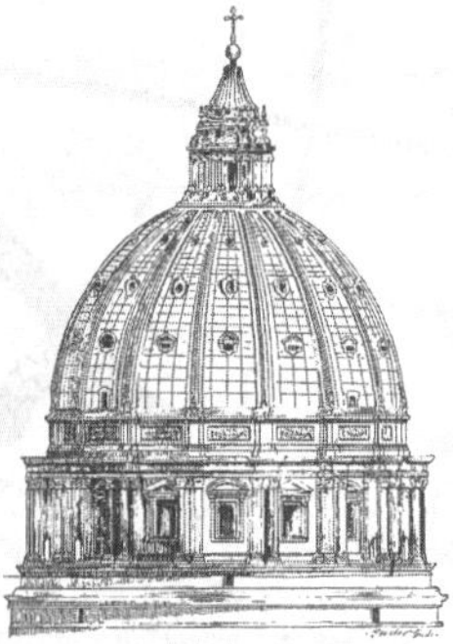

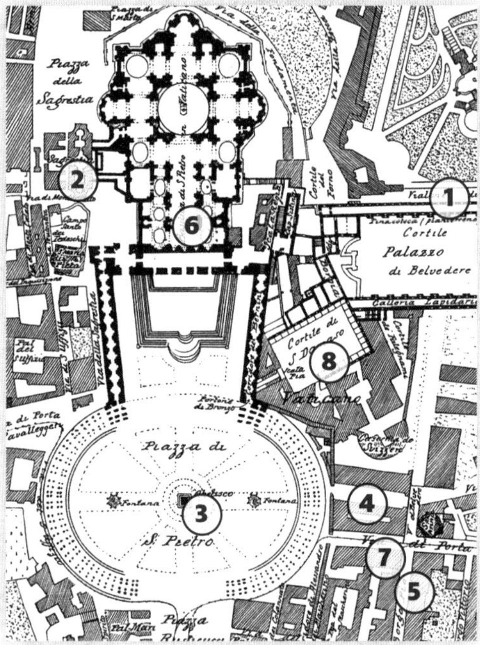

Angetan vom Vatikan

1 Das italienische Wort »Vialone« bedeutet »Allee« und kann an dieser Stelle gelesen werden.

2 Die Sakristei ist in Kirchen ein Nebenraum zum Aufbewahren der Gewänder, des Messweins usw.

3 Der Vatikanische Obelisk stammt aus Ägypten. Papst Sixtus V. ließ ihn 1586 mit großem Aufwand auf dem Petersplatz aufstellen.

4 Sie haben den Ausschnitt rechts des Petersplatzes bestimmt schnell ausfindig gemacht.

5 Der Borgo Pio ist eine Gasse, deren Bau während des Pontifikats von Papst Pius IV. (1499–1565; Papst von 1559 bis 1565) begonnen wurde.

6 Ein mehrschiffiges Kirchengebäude wird als Basilika bezeichnet; das Wort dient aber auch als »Ehrentitel« für bedeutende Kirchengebäude der römisch-katholischen Kirche.

7 »Via di Porta« bedeutet übersetzt »Türstraße«, allerdings fehlt auf dem Kartenausschnitt die Fortsetzung. Die Straße heißt eigentlich Via di Porta Angelica.

8 ADAMO S. befindet sich auf dem Cortile di San Damaso. Mit Damaso ist der frühere Papst Damasus I. gemeint (um 305–384; Papst von 366 bis 384).

20

Bella Napoli

1 Der Vesuv ist ein 1281 m hoher aktiver Vulkan und liegt nur rund 9 km von der italienischen Großstadt Neapel entfernt.

2 Die Blaue Grotte – auf Italienisch: Grotta Azzurra – ist eine von vielen Sehenswürdigkeiten auf der im Golf von Neapel gelegenen Insel Capri.

3 Das heutige Ercolano befindet sich dort, wo im Jahr 79 n. Chr. die antike Stadt Herculaneum beim Ausbruch des Vesuvs unterging.

4 Auf der Karte lassen sich insgesamt 11 Tankstellen zählen.

5 6 Ortsnamen auf der Karte fangen mit einem M an.

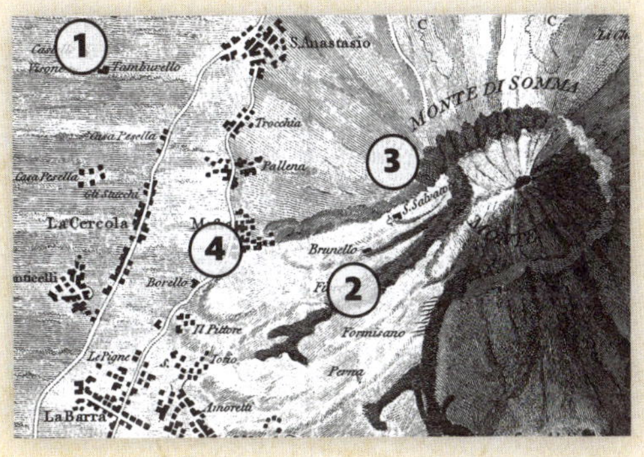

21

Tanz auf dem Vulkan

1 Das italienische Wort für Schloss lautet »Castello«.

2 Und wieder ein italienisches Wort gelernt: »Fiore« bedeutet übersetzt »Blume«.

3 Konnten Sie das Kartenbruchstück am Vesuv ausfindig machen?

4 Auf dieser alten Karte besteht der heutige Ort Massa di Somma noch aus 18 unterschiedlich großen Gebäuden.

22

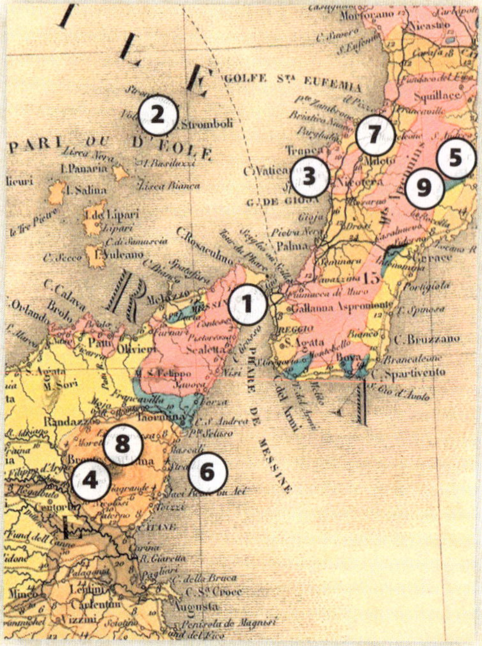

Etwas eng an der Stiefelspitze

1 Messina ist mit rund 220 000 Einwohnern die drittgrößte Stadt Siziliens.

2 Der 926 m hohe Schichtvulkan Stromboli befindet sich auf der gleichnamigen Liparischen Insel.

3 Haben Sie das Capo Vaticano in Kalabrien entdeckt?

4 Charlotte Brontë (1816–1855) feierte 1847 mit ihrem Roman »Jane Eyre« den Durchbruch.

5 Ein großer Hit des blinden Tenors Andrea Bocelli war 1996 das Lied »Time to Say Goodbye«, das er zusammen mit der Engländerin Sarah Brightman sang.

6 Die italienische Übersetzung des Wortes Straße lautet »Strada«.

7 »Monte« bedeutet auf Italienisch »Berg«, »Leone« bedeutet »Löwe«; man kann also »Monteleone« zu »Berglöwe« zusammenfügen.

8 Der auf Sizilien gelegene Ätna erreicht eine Höhe von 3357 m. Damit ist er der höchste aktive Vulkan Europas.

9 Der Gebirgszug Apennin durchzieht auf einer Länge von rund 1500 km fast ganz Italien.

23

Skyline-Rätsel: Reise durch Europa

1 H Lissabon ist die Hauptstadt Portugals. Die Stadtgründung basiert auf Stützpunkten der Phönizier, die dort bereits um 1000 v. Chr. angelegt wurden.

2 B Die schwedische Hauptstadt Stockholm ist die größte Stadt in Skandinavien und liegt inmitten zahlreicher Buchten, Landzungen und Inseln.

3 E Die Hauptstadt Deutschlands, Berlin, wurde von 1961 bis 1989 durch eine Mauer rund um den Westteil der Stadt in zwei Teile geteilt.

4 I Budapest, die Hauptstadt Ungarns, ist im Jahr 1873 durch die Zusammenlegung der zuvor selbstständigen Städte Buda, Óbuda sowie Pest entstanden.

5 C Die griechische Hauptstadt Athen gilt als Wiege der Demokratie und liegt auf der Halbinsel Attika, die weit in die Ägäis hineinragt.

6 J Der Name der dänischen Hauptstadt Kopenhagen hat die ursprüngliche Bedeutung »Kaufmannshafen«.

7 D Istanbul hieß früher zuerst Byzantion und dann Konstantinopel. Die größte Stadt der Türkei liegt am Bosporus und besteht aus einem europäischen und einem asiatischen Teil.

8 G London ist die Hauptstadt des Vereinigten Königsreichs. Die Stadt liegt im Südosten Englands an der Themse.

9 F Der Monarch des Staates Vatikanstadt ist der Papst. Die Vatikanstadt liegt innerhalb der italienischen Hauptstadt Rom.

10 A Eine berühmte Sehenswürdigkeit in der tschechischen Hauptstadt Prag ist die Karlsbrücke, die erst im Jahr 1870 nach Kaiser Karl IV. (1316–1378) benannt wurde.

24

Flagge zeigen im Norden Afrikas

1 **H** Außer den drei waagerechten Streifen zeigt die Flagge Ägyptens den goldenen Adler Saladins, der sich auf Sultan Saladin (1137–1193) bezieht.

2 **E** Die grüne Farbe der Flagge Malis steht für die Natur des Landes, die rote Farbe für das Blut, das im Unabhängigkeitskampf vergossen wurde.

3 **B** Die drei waagerechten Streifen in der Flagge Libyens stehen für die historischen Großprovinzen Fessan, Kyrenaika und Tripolitanien.

4 **G** Außer den drei Dreiecken, die für Natur (Grün), Meeresreichtum (Blau) und vergossenes Blut (Rot) stehen, ist auf der Flagge Eritreas auch ein gelber Olivenzweig in einem Olivenzweigkranz zu sehen.

5 **A** Die Flagge Äthiopiens mit den drei waagerechten Streifen in den Farben Grün, Gelb und Rot wurde zur Grundlage für die panafrikanischen Farben, die auf zahlreichen weiteren Landesflaggen verwendet werden.

6 **C** Das grüne Pentagramm auf der Landesflagge Marokkos ist das »Siegel des Salomon«.

7 **D** Die heutige sudanesische Flagge ersetzte 1970 – nach der Machtergreifung durch die »Sudanesische Sozialistische Union« – die blau-gelb-grüne Flagge, die von 1956 bis 1970 in Gebrauch war.

8 **F** Das Weiß auf der Flagge Algeriens steht für Reinheit, die grüne Farbe wiederum für den Islam.

25

Am Kap der Guten Hoffnung

1 In der Sprache der Khoikhoi heißt der Tafelberg »Hoerikwaggo«, was »aus dem Meer ragend« bedeutet.

2 Tiger in Afrika? Aber außer den Raubkatzen laufen auf der Karte auch Büffel herum, sozusagen das Futter für die Raubtiere.

3 »Balaine« bedeutet auf Französisch »Wal«.

4 Die Ziffer 5 lässt sich 4 Mal finden, und zwar je zweimal in den Zahlen 5 und 15.

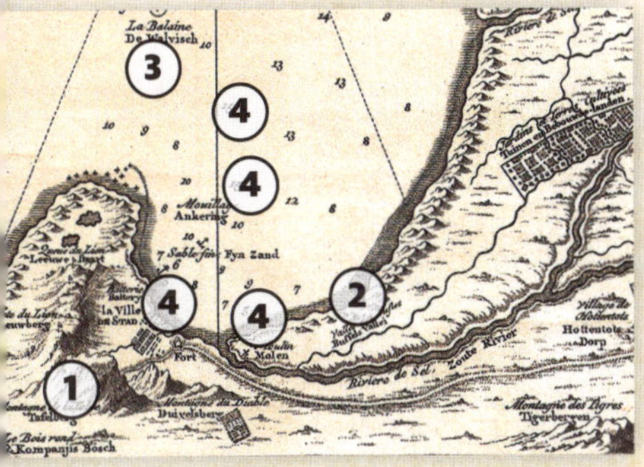

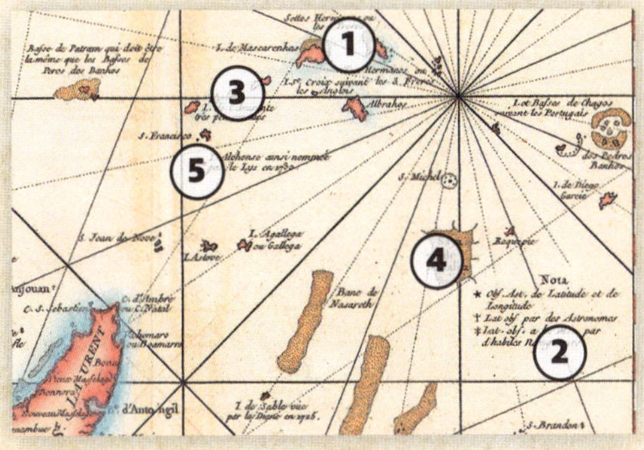

26

Entdeckungsreise zu den Seychellen

1 »Sieben Brüder« ist die deutsche Übersetzung der französischen Bezeichnung »7 Freres«.

2 Charles Trenet schrieb sein unvergessliches Chanson »La Mer« 1943 auf einer Zugfahrt entlang des Mittelmeers nach Perpignan.

3 Die Amiranten bestehen aus drei Atollen und mehreren kleinen Inseln.

4 Die nördlich von Mauritius im Indischen Ozean gelegene Flachwasserbank Saya de Malha ist rund 35 Millionen Jahre alt und beinahe so groß wie die Schweiz.

5 Namensgeber des Alphonse-Atolls war Ritter Alphonse de Pontevez, der das Atoll 1730 als Kommandant der Fregatte »Le Lys« entdeckte.

27

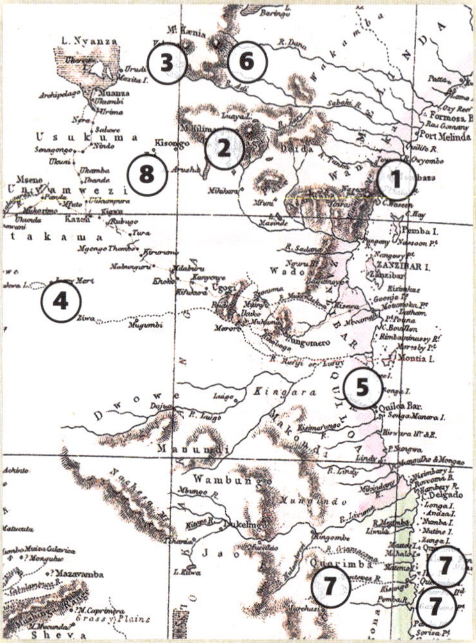

Im Osten Afrikas

1 Mombasa liegt am Indischen Ozean und ist die wichtigste Hafenstadt Ostafrikas.

2 Der 5895 m hohe Kibo – ein Vulkan – ist der höchste Berg des Kilimandscharo-Massivs und gleichzeitig der höchste Berg Afrikas.

3 Der Mount Kenia, das zweithöchst Bergmassiv Afrikas, liegt nahe des Ostafrikanischen Grabens und ist ein erloschener Schichtvulkan.

4 Das englische Wort für Elfenbein lautet »Ivory«. Erinnern Sie sich noch an den Song »Ebony and Ivory« (Ebenholz und Elfenbein) von Paul McCartney und Stevie Wonder?

5 Das englische Wort für Baum ist »Tree« und lässt sich ebenfalls auf der Karte entdecken.

6 Konnten Sie den Ausschnitt östlich des Mount Kenia finden?

7 Das Wort »Querimba« lässt sich auf der Karte 3 Mal zählen. Der heutige Nationalpark Quirimbas liegt mit den gleichnamigen Inseln an der Ostküste Mosambiks.

8 Der Ortsname mit der geringsten Anzahl von Buchstaben ist Eri.

28

Rund um Alexandria

1 Haben Sie den Palast von Said Pasha gefunden? Dieser war von 1854 bis 1863 osmanischer Vizekönig von Ägypten.

2 Der »Stein von Rosetta« wurde während Napoleons Ägyptenfeldzug am 15. Juli 1799 von einem französischen Offizier gefunden.

3 Bei der Seeschlacht von Abukir am 1. und 2. August 1798 führte Admiral Horatio Nelson (1758–1805) die britische Flotte zum Sieg über die Franzosen.

4 Die größte Bibliothek der Antike befand sich in Alexandria. Gegründet wurde die Bibliothek zu Beginn des 3. Jahrhunderts v. Chr., über ihr Ende gibt es nur Spekulationen.

5 Das arabische Wort »Geziret« bedeutet »Insel«. Sie finden es 4 Mal auf der Karte.

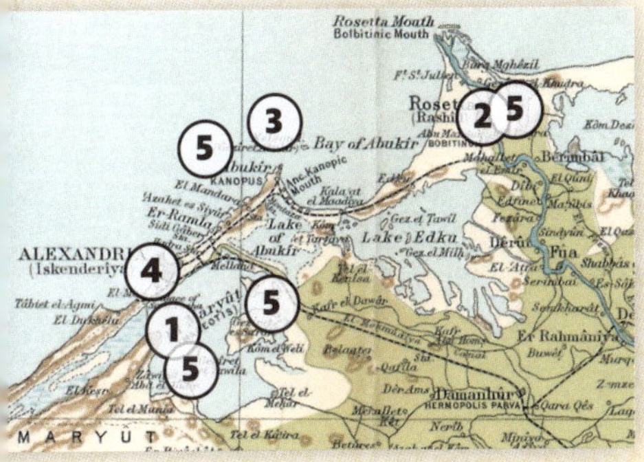

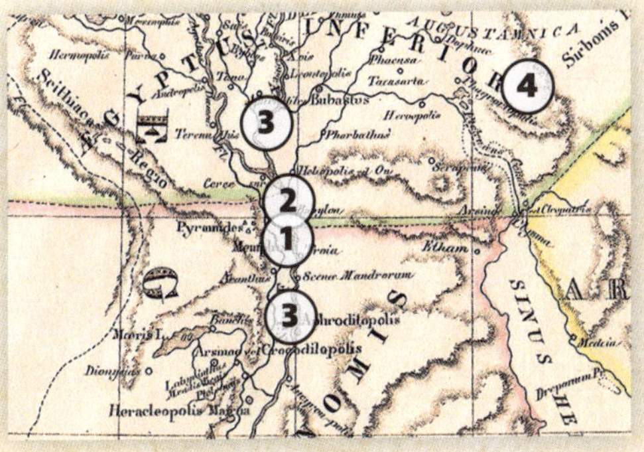

29

Walking in Memphis

1 Elvis Presley zog 1948 als Teenager mit seiner Familie nach Memphis im US-amerikanischen Bundesstaat Tennessee. Der King of Rock 'n' Roll starb dort 1977 auf seinem Anwesen »Graceland«.

2 »Rivers of Babylon« war 1978 ein Nummer-eins-Hit in zahlreichen Ländern der Welt.

3 Die griechische Göttin Aphrodite zählt zu den zwölf Hauptgöttern des Olymps. Ihr römisches Pendant ist die Liebesgöttin Venus.

4 Keine einfache Aufgabe, nicht wahr? Aber Sie haben den Kartenausschnitt bestimmt aufgespürt.

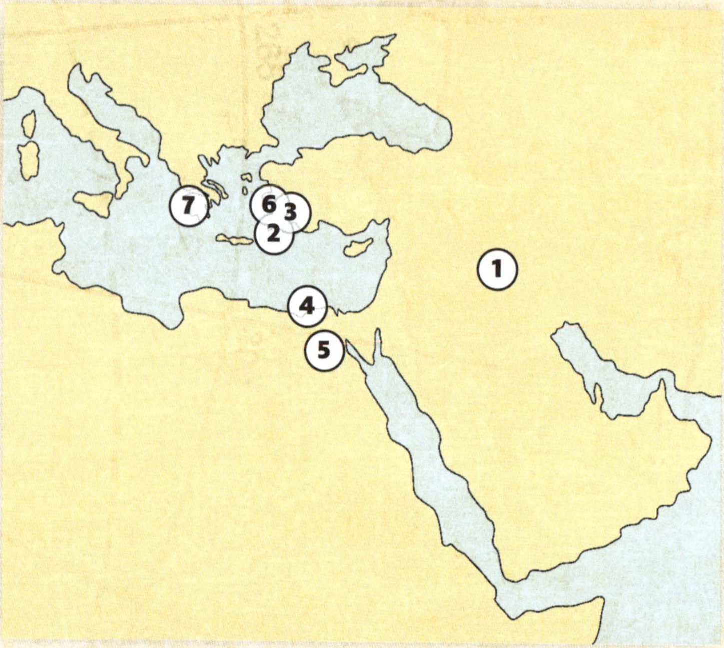

Die sieben Weltwunder der Antike

1 Das Weltwunder »Hängende Gärten der Semiramis« ist in Babylon zu lokalisieren. Namensgeberin ist die altorientalische Königin Semiramis.

2 Das Weltwunder »Koloss von Rhodos« zeigte den Sonnengott Helios. Errichtet wurde die Kolossalstatue in Rhodos, der Hauptstadt der gleichnamigen Insel.

3 Das Weltwunder »Mausoleum von Halikarnassos« befand sich in der antiken griechischen Stadt Halikarnassos. Heute befindet sich dort die türkische Großstadt Bodrum.

4 Das Weltwunder »Leuchtturm auf der Insel Pharos« befand sich vor der ägyptischen Stadt Alexandria. Beauftragt wurde der Bau im 3. Jahrhundert v. Chr. vom makedonischen Herrscher Ptolemaios I.

5 Das Weltwunder »Pyramiden von Gizeh« kann noch heute in Ägypten besichtigt werden, nur rund 15 km vom Zentrum Kairos entfernt.

6 Das Weltwunder »Tempel der Artemis« befand sich in der kleinasiatischen Stadt Ephesos. 1869 wurden die Überreste des Tempels vom Engländer John Turtle Wood entdeckt.

7 Die in Olympia aufgestellte »Zeus-Statue des Phidias« bestand aus Gold und Elfenbein. Angeblich wurde die Statue später nach Konstantinopel geschafft, wo sie einem Brand zum Opfer fiel.

31

Im Heiligen Land

1 Maria ist die lateinische Form des hebräischen Namens Mirjam. Haben Sie Maria auch auf der Karte gefunden?

2 Gaza war im Altertum eine bedeutende Hafenstadt. Heute befindet sich hier der Verwaltungssitz der Palästinensischen Autonomiebehörde.

3 Das Tote Meer ist eigentlich ein abflussloser See, der über 430 m unter dem Meeresspiegel liegt und für seinen hohen Salzgehalt bekannt ist.

4 Die Felsenstadt Petra ist im Königreich Jordanien gelegen. Sie war in der Antike die Hauptstadt des Reiches der Nabatäer.

5 Das Gleichnis vom barmherzigen Samariter – also einer aus Samaria stammenden Person – ist ein Aufruf zur tätigen Nächstenliebe.

6 Im Buch Josua wird geschildert, wie die Stadtmauern von Jericho von den Israeliten durch Trompeten – vermutlich Widderhörner – zum Einsturz gebracht wurden.

7 Caesarea ist eine Stadt im heutigen Israel. Herodes ließ sie zu Ehren des damaligen römischen »Caesars« Augustus anlegen. Wenn wir heute Caesar lesen, denken wir aber natürlich zuerst an Julius Caesar.

8 Konnten Sie den Kartenausschnitt zuordnen? Dann herzlichen Glückwunsch zum Lösen dieser kniffligen Aufgabe!

32

Kreuz und quer durch Israel

1 Haben Sie Joana auf der Karte entdeckt? Dann richten Sie ihr schöne Grüße aus!

2 Diesen Bus können Sie sogar ohne Ticket nutzen, denn es handelt sich um einen Ort.

3 Sodom und Gomorra werden im Alten Testament als sündige Städte geschildert.

4 »Love Hurts« war Mitte der 1970er-Jahre ein großer Hit der schottischen Hard-Rock-Band Nazareth.

5 Der im 7. Jahrhundert in Jerusalem erbaute Felsendom ist eines der islamischen Hauptheiligtümer.

6 Das englische Wort für Sünde lautet »sin«.

7 Montana ist ein Bundesstaat im Nordwesten der USA. Die Bedeutung des Namens ist »Berg«.

8 Sie zählen auf der Karte 7 vollständige »Desertum«.

33 Reise nach Jerusalem

1 Das englische Wort für »Grieche« und »Griechisch« lautet »Greek«.

2 Ein orientalischer Markt wird auch Basar oder – wie auf dieser Karte – Bazar genannt.

3 Der Geburtsort Jesu ist, der Bibel zufolge, Bethlehem, ein Ort südlich von Jerusalem.

4 Haben Sie jedes »Gate« (Tor) geöffnet? Es sind insgesamt 5.

5 Ein »Tower« (Turm) ist 4 Mal auf der Karte verzeichnet.

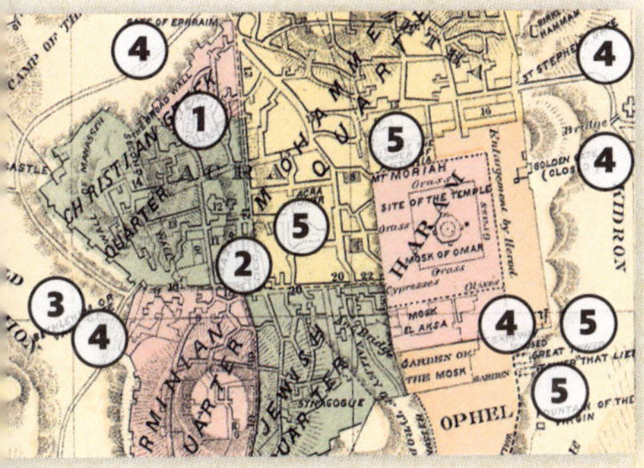

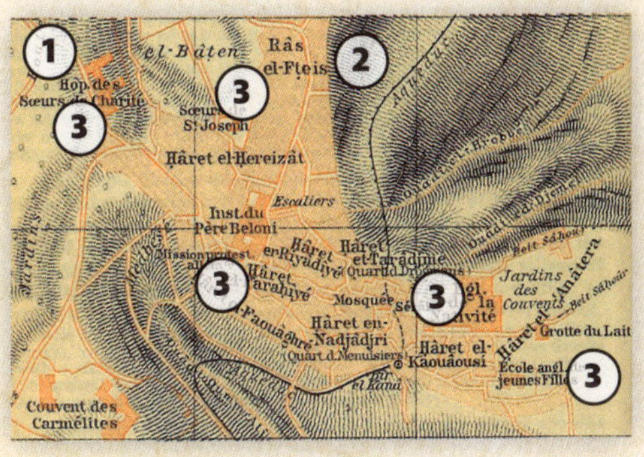

34 Zur Krippe her kommet ...

1 »Route« ist eines der französischen Wörter für Straße.

2 Konnten Sie entdecken, wo wir der Karte den Ausschnitt entnommen haben?

3 Haben Sie alle 5 »de« gefunden?

Dem Nahen Osten ganz nah

35

1 Das Zweistromland – auch Mesopotamien genannt – hat seinen Namen von den beiden Flusssystemen Euphrat und Tigris.

2 Die zweitgrößte Stadt des Irak ist die Stadt Mossul oder Mosul. Sie ist die Hauptstadt der Provinz Ninawa, wo Sunniten, Kurden und assyrische Christen zusammenleben.

3 »Der Medicus« besucht – als Jude verkleidet – eine Schule für Medizin im persischen Isfahan.

4 Der Einmarsch irakischer Truppen erfolgte auf den Befehl von Saddam Hussein in das Emirat Kuwait.

5 MARK HASHIN lässt sich in Kirmanshah auffinden, einer iranischen Millionenstadt nahe der Grenze zum Irak.

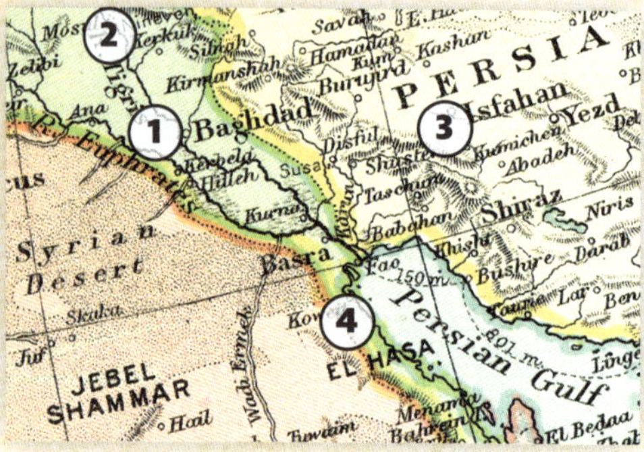

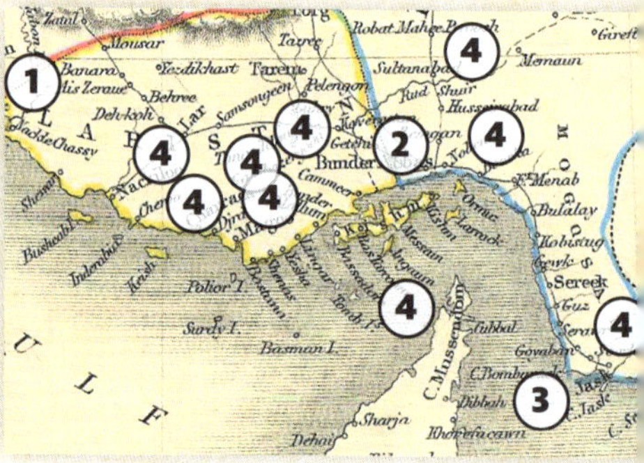

An der Straße von Hormus

36

1 »R.« ist die Abkürzung für »River«, was auf Englisch Fluss bedeutet. Ein eingekürzter Fluss!

2 Die schwedische Popgruppe ABBA hatte zahlreiche Nummer-eins-Hits und ist für ihre ausgefeilten Musikproduktionen bekannt.

3 Barack Obama war von 2009 bis 2017 der 44. Präsident der USA.

4 Oh, oh, 9 Mal! Sind es etwa mehr Doppel-o als Sie dachten?

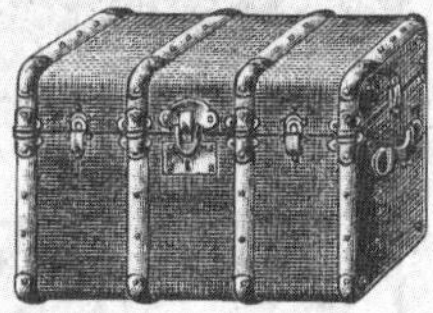

Flagge zeigen in Asien

1 E Die waagerechten Streifen auf der Flagge des Königsreichs Thailand haben folgende Bedeutung: Die beiden roten Streifen stehen für die Nation, die beiden weißen Streifen für die Religion und der breite blaue Streifen für die Monarchie.

2 D Die beiden diagonalen Streifen auf der Flagge Bruneis stehen für die führenden Wesire Pengiran Bendahara und Pengiran Pemanscha.

3 H Nordkorea – offiziell die Demokratische Volksrepublik Korea – ging 1948 aus der Teilung Koreas hervor. Der sozialistische Anspruch des Landes wird auch auf der Landesflagge deutlich.

4 B Der weiße Kreis in der Mitte der Landesflagge von Laos soll für die glänzende Zukunft des Landes stehen.

5 C Die Hinomaru-Flagge mit dem Sonnenkreis (»Hi no Maru«) gibt es seit der Mitte des 19. Jahrhunderts. Seit 1868 gilt sie in Japan als Nationalflagge.

6 G Inspiriert wurde die Flagge Malaysias – Sie werden es sicher bereits erraten haben – von der Flagge der USA. Eingeführt wurde die Flagge im Zuge der Unabhängigkeit 1963.

7 F Die 1950 eingeführte Flagge Südkoreas zeigt neben einem Symbol für Yin und Yang in der Mitte die I-Ging-Symbole für Himmel, Wasser, Feuer und Erde.

8 A Die rote Flagge mit gelbem Stern wurde in Vietnam schon 1940 als Zeichen der kommunistischen Unabhängigkeitsbewegung verwendet. Mit der Wiedervereinigung der beiden Landesteile wurde sie Landesflagge.

Skyline-Rätsel: Unterwegs in Asien

1 **D** Die Republik Singapur ist der flächenkleinste Staat Südostasiens und Mitglied im Commonwealth of Nations.

2 **F** Die Megastadt Delhi umschließt auch die indische Hauptstadt Neu-Delhi, die aber über eine eigene Kommunalverwaltung verfügt.

3 **A** Eines der Wahrzeichen der japanischen Hauptstadt Tokio ist der 1958 nach dem Vorbild des Eiffelturms erbaute Tokyo Tower.

4 **I** Dubai hat nicht nur über 3,5 Millionen Einwohner, sondern auch die meisten Wolkenkratzer mit über 300 m Höhe weltweit.

5 **H** In Kuala Lumpur, der Hauptstadt von Malaysia, sind viele Kulturen und Religionen vertreten. Millionen von Touristen besuchen die Stadt jährlich.

6 **G** Die thailändische Hauptstadt Bangkok wird von den Thailändern meist nur kurz Krung Thep genannt.

7 **B** Schanghai liegt im Mündungsgebiet des Jangtsekiang und ist die bedeutendste Industriestadt der Volksrepublik China.

8 **E** Seoul ist die Hauptstadt von Südkorea und liegt in Grenznähe zu Nordkorea. Im Koreakrieg wurde die Stadt fast völlig zerstört.

9 **C** 1997 wurde die ehemals britische Kronkolonie Hongkong an die Volksrepublik China zurückgegeben.

39

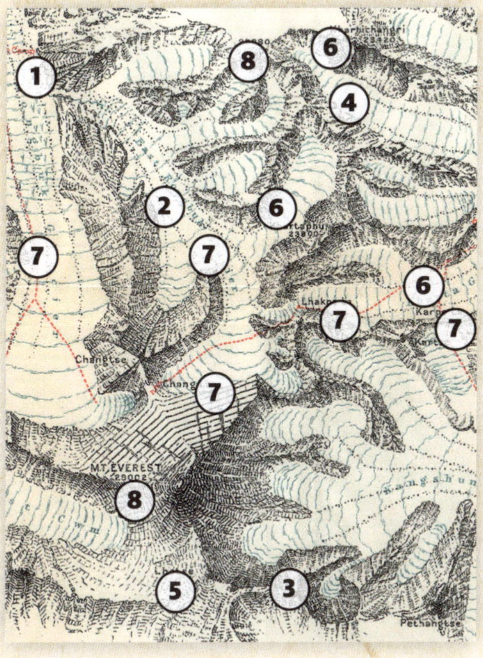

Auf dem Dach der Welt

1 Perfekt, Sie haben das Camp erreicht. Nun gibt es erstmal einen Teller voll heißer Suppe!

2 Der Rongbuk-Gletscher (auch Rongpu-Gletscher) ist einer von drei Gletschern, die sich vom Mount Everest hinabwälzen.

3 27738 Fuß entsprechen einer Höhe von fast 8455 m.

4 Wir wissen, das war nicht einfach. Aber Sie konnten den Kartenausschnitt doch bestimmt korrekt zuordnen?

5 Der Lhotse erreicht eine Höhe von 8516 m und ist damit – nach dem Mount Everest, dem K2 und dem Kangchendzönga – der vierthöchste Berg der Erde.

6 Es stehen nur 3 Wörter auf der Karte, die mit den Buchstaben »Kh« beginnen.

7 Sie zählen ganze 5 »La«. »La« ist übrigens die tibetische Bezeichnung für einen Gebirgspass.

8 29002 Fuß + 23080 Fuß = 52082 Fuß.

40

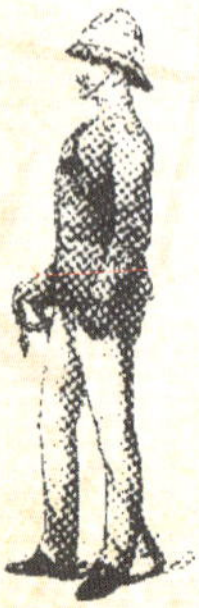

Indiens südliche Spitze

1 Konnten Sie die »ruins« an beiden Stellen im Kartengewirr aufspüren?

2 Wer hätte es gedacht: Das Ostkap liegt an der östlichen Küste der Südspitze von Indien.

3 Haben Sie Callagoody rasch entdeckt? Dann haben Sie sich ein Goodie verdient.

4 Bestimmt haben Sie den Panda in Pandalamcourchy gefunden, nicht wahr?

5 Ja, der Fisch (»Fish«) ist ein im Wasser lebendes Wirbeltier. Und Kiemen hat ein Fisch noch dazu.

6 ARTY TOPIC ist ein Anagramm der Ortschaft Particoty. Lassen Sie dort eine Party steigen!

7 5 Bezeichnungen auf der Karte enden auf »cotta«.

8 Haben Sie alle 4 Ortschaften mit der Endung »poor« gezählt?

41

Inselbesuch im Indischen Ozean

1 Adam haben Sie bestimmt schnell gefunden. Nur von Eva ist weit und breit keine Spur.

2 Die heute mit »K« geschriebene Stadt Kandy liegt im Hochland von Sri Lanka und ist die Hauptstadt der Zentralprovinz.

3 »Palais du Roy« oder eigentlich »Palais du Roi« heißt auf Französisch »Königspalast«.

4 Ogalla umgekehrt? Klar: Drehen Sie Ogalla um, so erhalten Sie den Ort Allago.

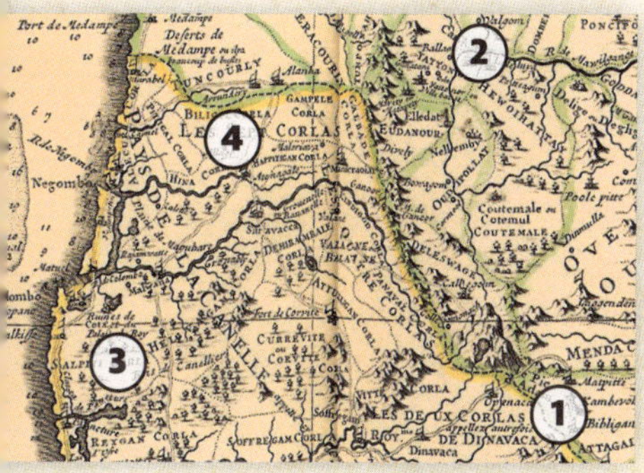

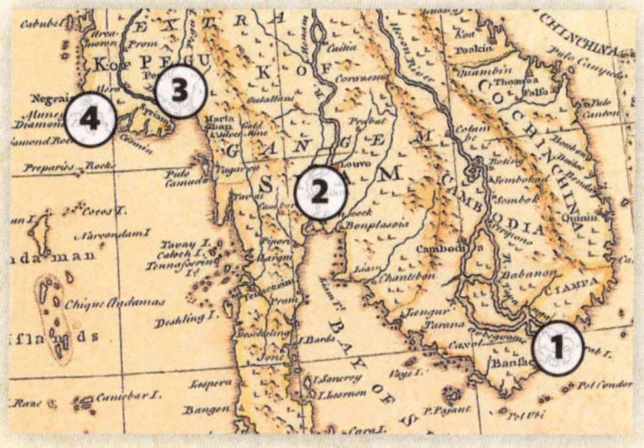

42

Erkunden Sie Indochina

1 Der Mekong durchfließt sechs Staaten Südostasiens und mündet in einem verzweigten Flussdelta im Südwesten von Vietnam ins Südchinesische Meer.

2 Siam ist ein alter Name von Thailand, der aber seit 1949 nicht mehr offiziell verwendet wird.

3 In der Kolonialzeit trug Myanmar den Namen Burma (im Deutschen: Birma) und die heutige Stadt Bago hieß Pegu.

4 Haben Sie den Eintrag »Diamond I.« auf der Karte entdeckt? Auf der Diamanteninsel werden Sie bestimmt steinreich!

Puzzle-Chaos in Laos

Haben Sie es geschafft, das Laos-Chaos zu beheben? Hier sehen Sie die korrekte Lösung.

44

Der Malaiische Archipel

1 Borneo hat eine Fläche von rund 752 000 km². Damit nimmt die auf drei Staaten aufgeteilte Insel im weltweiten Insel-Ranking den dritten Platz ein.

2 Die größte Insel Thailands hat eine Fläche von nur 543 km² – es ist die bei Urlaubsreisenden sehr beliebte Insel Phuket.

3 Der Vulkan Krakatau liegt zwischen den beiden indonesischen Inseln Java und Sumatra. Sein Ausbruch 1883 löste am 27. August einen Tsunami aus, bei dem rund 36 000 Menschen den Tod fanden.

4 Auf der Karte lassen sich 10 Höhen- und Tiefenangaben zählen.

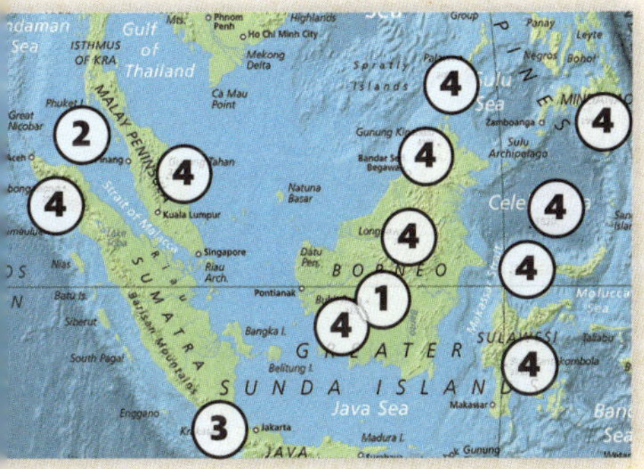

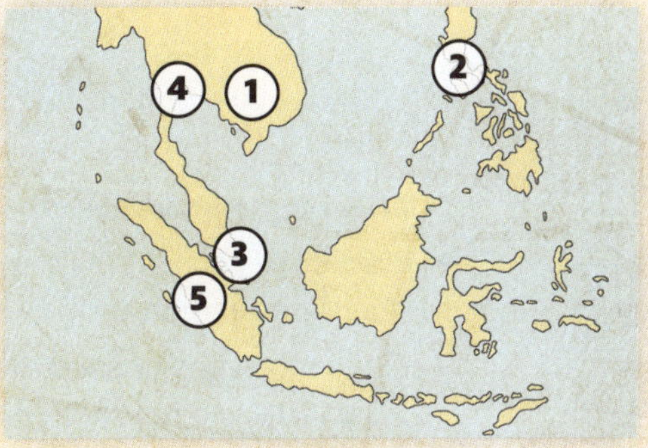

45

Wo liegt was in Südostasien?

1 Das Königreich Kambodscha liegt am Golf von Thailand und grenzt an Thailand, Laos und Vietnam.

2 Manila liegt im Süden der philippinischen Hauptinsel Luzon.

3 Singapur liegt an der Südspitze der Malaiischen Halbinsel und ist der flächenmäßig kleinste Staat Südostasiens.

4 Die thailändische Hauptstadt Bangkok gilt – mit weit über 20 Millionen Urlaubern pro Jahr – als meistbesuchte Stadt der Welt.

5 Der aktive Vulkan Kerinci ist 3805 m hoch und steht auf Sumatra.

46

Obenauf in Down Under

1 Gold Coast hat sich südlich von Brisbane zu einem bedeutenden Tourismuszentrum entwickelt.

2 Der Bundesstaat Western Australia umfasst fast ein Drittel der Gesamtfläche von Australien, weist aber nur eine Bevölkerungsdichte von etwa einer Person je km² auf.

3 Das Great Barrier Reef an der Nordostküste Australiens besteht aus rund 2900 Korallenriffen und zählt seit 1981 zum Weltnaturerbe.

4 Canberra wurde 1927 die Hauptstadt Australiens, da sich Sydney und Melbourne nicht einigen konnten.

5 Homer und Marge sind Mitglieder der von Matt Groening geschaffenen Familie Simpson.

6 Auch ein sehr großes Instrument ist manchmal gut versteckt. Haben Sie den »Bass« gefunden?

7 Charles Darwin entwarf die grundlegenden Erklärungen zur Evolutionstheorie und verfasste das Werk »Über die Entstehung der Arten«.

8 Die Great Victoria Desert hat ihren Namen von der britischen Königin Victoria (1819–1901).

9 Konnten Sie alle 8 »Port« zählen?

47

Neues aus Neuseeland

1 Herbert ist ein neuseeländisches Dorf mit nur etwa 100 Einwohnern, aber drei Kirchen. Früher hieß es Otepopo, was »Ort des verfallenen Holzes« bedeutet.

2 Pokern, ja gern – aber nur mit kleinen Einsätzen und ohne »Bluff«!

3 Der Vater der Prinzen William (*1982) und Harry (*1984) ist König Charles III. (*1948) – er ist als britischer König auch der König von Neuseeland.

4 Der US-amerikanische Politiker der Demokratischen Partei und Vizepräsident Al Gore erhielt den Friedensnobelpreis für sein Engagement gegen die globale Erwärmung.

5 Die Hauptstadt Jamaikas ist das etwa 662 000 Einwohner zählende Kingston. Zum Vergleich: Kingston in Neuseeland hatte bei der letzten Volkszählung 2018 nur 306 Einwohner.

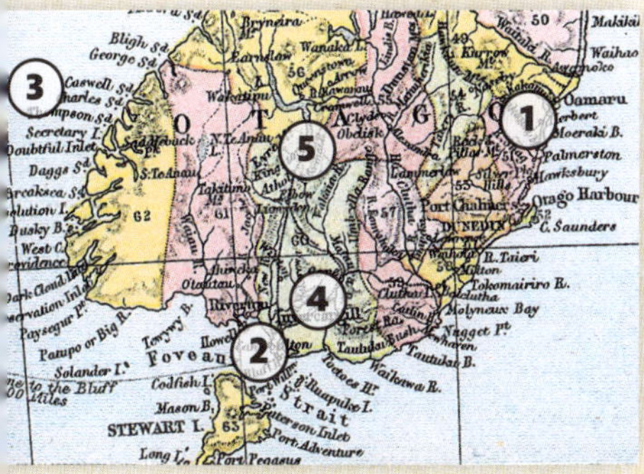

48

In den eisigen Süden

1 Auf Elephant Island rettete sich im Jahr 1916 die Mannschaft nach dem Scheitern der Endurance-Expedition von Ernest Shackleton (1874–1922).

2 Der Falklandkrieg zwischen Argentinien und dem Vereinigten Königreich dauerte vom 2. April bis zum 20. Juni 1982.

3 Alexander von Humboldt unternahm unter anderem von 1799 bis 1804 eine Forschungsreise nach Amerika.

4 »Cabo«ist 4 Mal zu lesen. Besonders bekannt ist Cabo de Hornos (Kap Hoorn) am Südzipfel Südamerikas.

49

Flagge zeigen in Südamerika

1 **C** Die Flagge Boliviens wurde bereits im Jahr 1851 eingeführt; die Verwendung der panafrikanischen Farben ist zufällig.

2 **F** Die senkrechte Streifenform auf der Flagge Perus ist durch die Flagge Frankreichs beeinflusst. Die Farben sind Rot-Weiß-Rot – so wie auf der Flagge Österreichs, die allerdings waagerechte Streifen hat.

3 **D** Die Flagge Uruguays ist eindeutig von der Flagge der USA beeinflusst. Statt Sterne sehen Sie darauf aber eine »Sol de Mayo«.

4 **J** Die Flagge Kolumbiens basiert auf einer Flagge, die vom Revolutionär Francisco de Miranda (1750–1816) ursprünglich für ein anderes Land entworfen wurde, und zwar für ... dazu mehr bei Punkt 6!

5 **A** Auf der Flagge Ecuadors hält der Kondor das Staatswappen. Der Kondor steht für Stärke und Mut.

6 **E** Es war die Flagge Venezuelas, die der in Caracas geborene Revolutionär Francisco de Miranda 1806 erstmals hisste.

7 **G** Die Flagge Argentiniens wird seit 1818 offiziell verwendet, die Unabhängigkeit von Spanien erfolgte bereits 1816.

8 **B** Die »goldene Spitze« auf der Flagge Guyanas soll die goldene Zukunft des Landes repräsentieren.

9 **I** Das Blau auf der Flagge Chiles steht für den Himmel oder Pazifik, das Weiß für den Schnee auf den Anden und das Rot für die Blüte der Chilenischen Wachsglocke.

10 **H** Die Flagge von Suriname wurde erst 1975 eingeführt, als das Land von den Niederlanden unabhängig wurde.

Erkennen Sie das südamerikanische Land?

1 **C** Machu Picchu wurde im 15. Jahrhundert von den Inka in Peru erbaut, und zwar in 2430 m Höhe.

2 **F** Wegen seiner Nord-Süd-Ausdehnung von rund 4200 km wird Chile auch »das langgestreckte Land« genannt.

3 **E** Trinidad und Tobago wurde 1962 vom Vereinigten Königreich unabhängig. Es sind die südlichsten Inseln der Kleinen Antillen.

4 **B** Boca Juniors ist ein Fußballverein in der argentinischen Hauptstadt Buenos Aires. Auch die Fußballlegende Diego Maradona (1960–2020) kickte hier.

5 **D** Brasilien hat eine Fläche von über 8,5 Millionen km², auf der rund 215 Millionen Einwohner leben.

6 **H** Guyana hat nur etwa 790 000 Einwohner. Auf rund 85 Prozent der Fläche des dünn besiedelten Landes wächst tropischer Regenwald.

7 **A** Außer Spanisch wird in Ecuador auch Kichwa und Shuar gesprochen.

8 **G** Suriname war bis zu seiner Unabhängigkeit im Jahr 1975 Teil des Königreichs der Niederlande. Seine Nachbarländer sind im Westen Guyana, im Süden Brasilien und im Osten Französisch-Guayana.

51

Expedition nach Brasilien

1 Das portugiesische Wort für Meer lautet »Mar«.

2 Der Rio Negro im Süden des Bundesstaats Paraná mündet nach 153 km in den für seine Wasserfälle berühmten Rio Iguaçu.

3 Ein Michael heißt in Portugal – und Brasilien, wo Portugiesisch gesprochen wird – Miguel.

4 Paulo Coelho stammt aus Rio de Janeiro. Von ihm stammt unter anderem der Weltbestseller »Der Alchimist«.

5 Pelé – bürgerlich: Edson Arantes do Nascimento – war von 1956 bis 1974 Stürmer beim FC Santos.

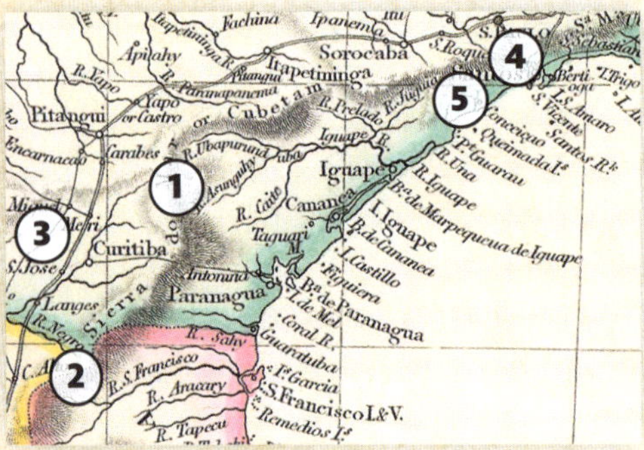

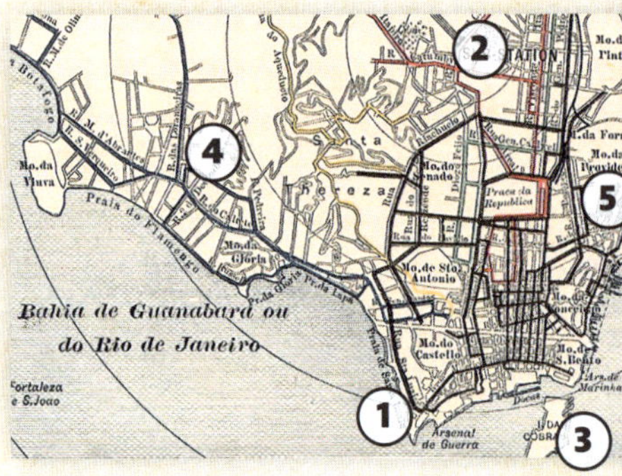

52

Ganz relaxt in Rio

1 Am Strand Santa Luzia wurde noch zu Beginn des 20. Jahrhunderts gebadet, aber in den 1930er-Jahren fiel er dem Bau eines Flughafens zum Opfer.

2 Frei Caneca – geboren wurde er als Joaquim da Silva Rabelo – war einer der Führer des Pernambucan-Aufstands von 1817.

3 »Ilha das Cobras« bedeutet übersetzt »Schlangeninsel«. Der brasilianischen Marine dient sie als Hauptstützpunkt.

4 Der englische »December« hat seinen Namen aus dem Lateinischen – im alten Rom war er ehemals der zehnte Monat.

5 Das portugiesische Wort für Vorsehung lautet »providência«.

53 Willkommen auf Jamaika

1 Prinzessin Anne gewann als Vielseitigkeitsreiterin die Europameisterschaft 1971.

2 Das Wort Orient stammt vom lateinischen »sol oriens«, was »aufgehende Sonne« bedeutet. Ein anderes Wort für den Orient ist »Morgenland«.

3 Kingston, die Hauptstadt Jamaikas, wurde 1693 gegründet. Heute leben dort über 660 000 Menschen.

4 Der einzige Vorname, der auf der Karte 2 Mal vorkommt ist »Thomas«.

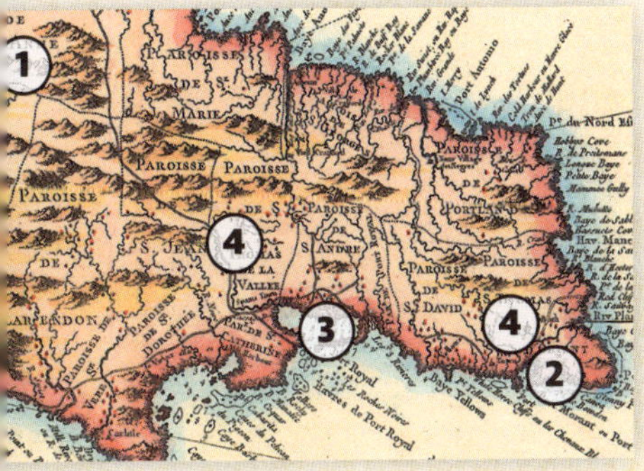

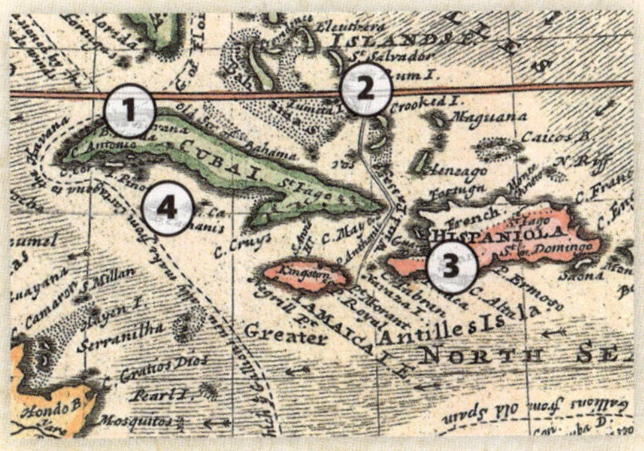

54 Cruisen in der Karibik

1 Havanna ist die Hauptstadt und – mit rund 2,4 Millionen Einwohnern – die größte Stadt des Inselstaats Kuba.

2 Rum ist ein Schnaps, der aus der Melasse des Zuckerrohrs gewonnen wird. Wahrscheinlich stammt der Name der Insel von einer untergegangenen Schiffsladung Rum.

3 Haiti teilt sich mit der Dominikanischen Republik die Antilleninsel Hispaniola.

4 Die Cayman Islands liegen südlich von Kuba. Man munkelt, dass es in diesem »Steuerparadies« mehr Briefkastenfirmen als Einwohner gibt.

55

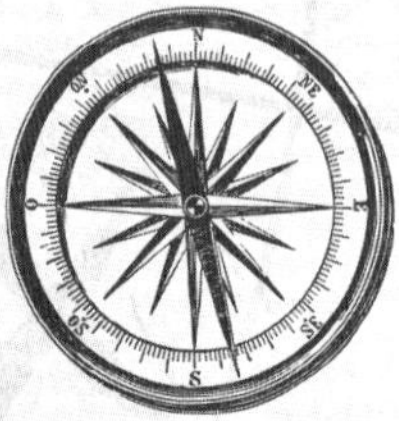

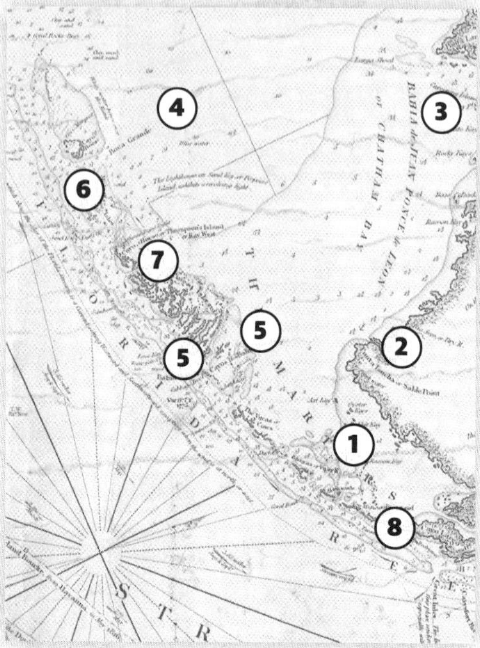

Die Keys im Süden Floridas

1 Hier hoppelt der Rabbit.

2 Der Shark River ist ein nur etwas mehr als 15 km langer Fluss in den Everglades.

3 Der Moskito wird auf Englisch »Mosquito« geschrieben. Moskitos sind Stechmücken.

4 Inzwischen sind Sie fit bei der Suche und haben den Ausschnitt bestimmt rasch ausgemacht.

5 Honda wurde 1948 in der japanischen Hauptstadt Tokio gegründet und produzierte anfänglich Motoren für Fahrräder. Erst in den 1960er-Jahren startete der Automobilbau.

6 Mangrovenbäume zeichnen sich vor allem dadurch aus, dass sie salztolerant sind und deshalb auch im Brack- und Meereswasser wachsen können.

7 Samba ist ein brasilianischer Volkstanz, der allerdings afrikanische Wurzeln hat. Getanzt wird im Zweivierteltakt.

8 »Long Island« ist englisch für »lange Insel«. Ein bekannteres Long Island gibt es allerdings im US-Bundesstaat New York – diese Insel hat ungefähr die Größe Mallorcas.

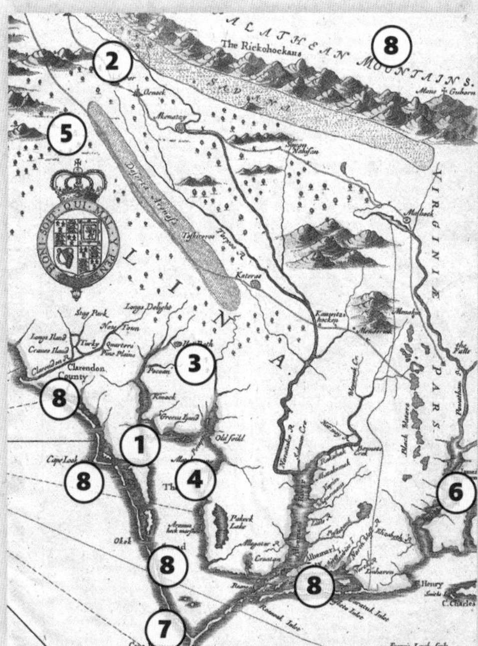

In den britischen Kolonien der USA

1 Konnten Sie das Wort »Nuß« vor der Küste von Carolina aufspüren?

2 Das lateinische und spanische Wort für Geschmack lautet »sabor«.

3 »Hot Bath« heißt auf Deutsch »heißes Bad«.

4 AGENT CHUMP ist ein Anagramm von Matchepung.

5 Haben sie den Ausschnitt oberhalb der englischen Krone lokalisiert?

6 Jakob I. hieß in England James I. Jamestown (»James Town« auf der Karte) wurde 1607 auf einer Insel im James River gegründet.

7 Der Roman »Die Abenteuer des Kapitän Hatteras« handelt von einer Expedition des gleichnamigen Kapitäns in die Nordpolregion.

8 Mal klein, mal groß. Haben sie alle 5 Wörter mit der Buchstabenkombination »ou« entdeckt?

57

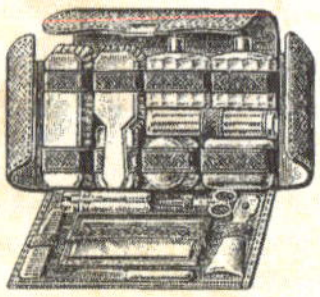

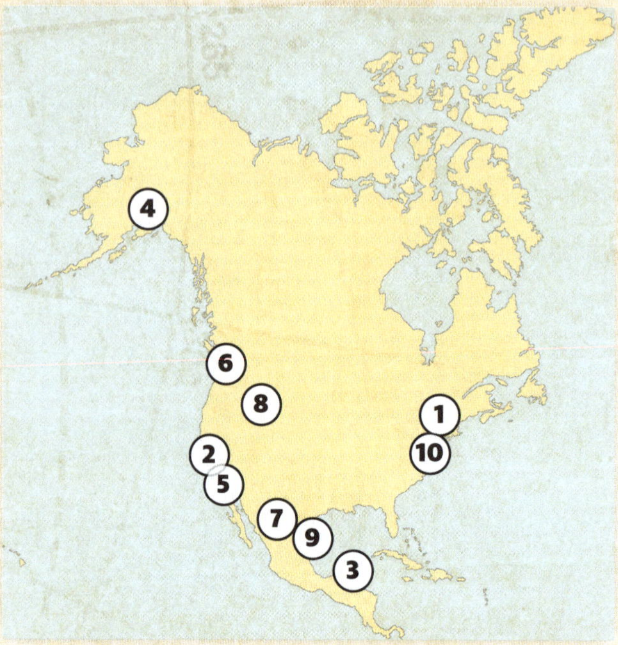

Wo liegt was in Nordamerika?

1 Ottawa liegt in der Provinz Ontario. In der Sprache der Algonkin bedeutet der Name »Händler«.

2 Die 2737 m lange Golden Gate Bridge wurde 1937 eröffnet und führt über das »Golden Gate«, eine Meerenge bei San Francisco.

3 Yucatán war vom 4. bis 10. Jahrhundert ein Zentrum der Maya. Es lassen sich zahlreiche Ruinenstätten finden, zum Beispiel Chichén Itzá.

4 Der Denali befindet sich in Alaska und damit auf dem Gebiet der USA. Von 1915 bis 2017 hieß er offiziell Mount McKinley.

5 Hollywood ist ein Stadtteil der kalifornischen Stadt Los Angeles. Schon in den 1910er-Jahren war hier ein Zentrum der Filmindustrie.

6 Austragungsort der Olympischen Winterspiele 2010 war Vancouver, nach Toronto und Montreal die drittgrößte Stadt Kanadas.

7 Der mexikanische Bundesstaat Chihuahua ist Namensgeber der gleichnamigen kleinsten Hunderasse überhaupt.

8 Der Yellowstone-Nationalpark wurde am 1. März 1872 gegründet und gilt damit als ältester Nationalpark der Welt.

9 Der Rio Grande entspringt in Colorado in den Rocky Mountains und mündet nach über 3000 km als Río Bravo in den Golf von Mexiko.

10 Von 1790 bis 1800 war Philadelphia die Hauptstadt der USA.

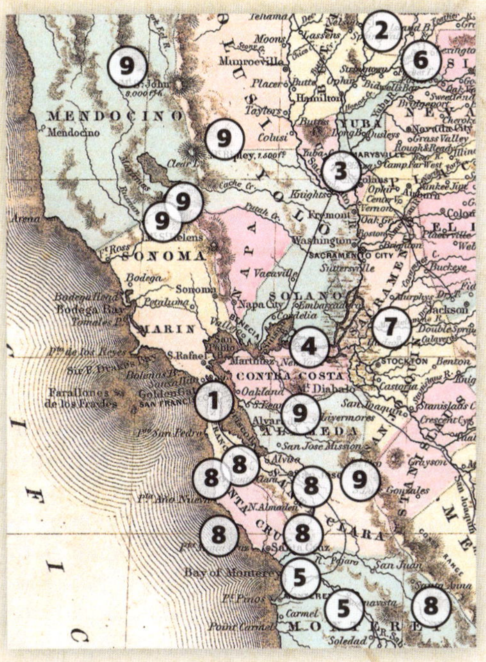

Streifzug durch Kalifornien

1 San Francisco wurde nach dem heiligen Franziskus von Assisi benannt. Im Jahr 1906 zerstörte ein schweres Erdbeben große Teile der Stadt.

2 Das »Island« finden Sie in diesem Fall im Landesinneren.

3 Eliza ist eine Kurzform des hebräischen Vornamens Elisabeth. Konnten Sie Eliza auf der Karte aufspüren?

4 Die größte Stadt der USA – mit einer Einwohnerzahl von etwa 8,8 Millionen – ist das an der Ostküste gelegene New York.

5 Das 2021 veröffentlichte Betriebssystem hieß »macOS Monterey«, diesem folgte 2022 »macOS Ventura« nach.

6 Das Wirtschaftsmagazin »Forbes« wurde 1917 von einem schottischen Einwanderer namens Forbes gegründet und befindet sich immer noch in Familienbesitz.

7 Rock Hudson war 1985 einer der ersten Prominenten, die an AIDS starben.

8 »Santa« wird für weibliche Heilige verwendet und kommt auf der Karte 6 Mal vor.

9 6 Berge auf der Karte sind mit »Mt.« oder »Mts.« bezeichnet.

59

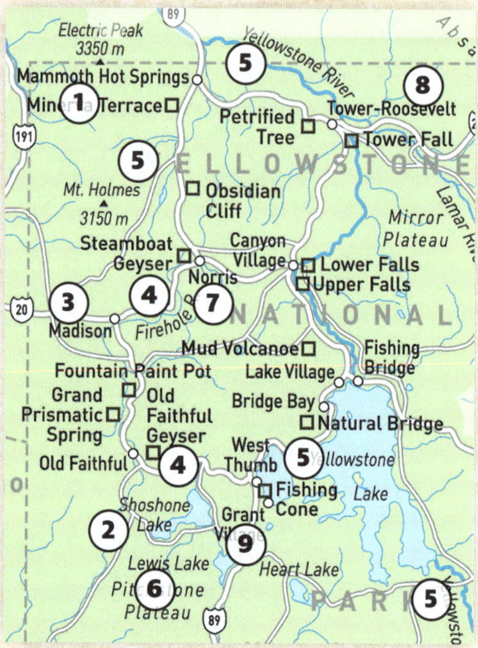

Natur pur im Yellowstone-Nationalpark

1 Mammoth Hot Springs ist der Name des Haupt- und Verwaltungsorts des Yellowstone-Nationalparks mit zahlreichen heißen Quellen.

2 Hugh! Rauchen Sie mit dem Shoshonen die Friedenspfeife.

3 Der »Madison Square Garden« ist eine Mehrzweckarena in Manhattan.

4 Im Yellowstone-Nationalpark gibt es über 450 Geysire, auf der Karte sind jedoch nur die beiden populärsten eingezeichnet, beispielsweise der bei Besuchern besonders beliebte »Old Faithful«.

5 Das Wort »Yellow« lässt sich auf der Karte 4 Mal zählen.

6 Jerry Lewis war auch Sänger, Produzent, Drehbuchautor und Regisseur. Bekannt wurde er durch die Zusammenarbeit mit dem Sänger und Entertainer Dean Martin.

7 Chuck Norris kämpfte 1972 in »Die Todeskralle schlägt wieder zu« gegen Bruce Lee. Berühmt wurde er durch Kinofilme wie »Missing in Action« und die TV-Serie »Walking, Texas Ranger«.

8 Franklin D. Roosevelt war von 1933 bis 1945 der 32. Präsident der USA.

9 Ulysses S. Grant war General und Oberbefehlshaber während des Sezessionskriegs und brachte es später zum 18. Präsidenten der USA.

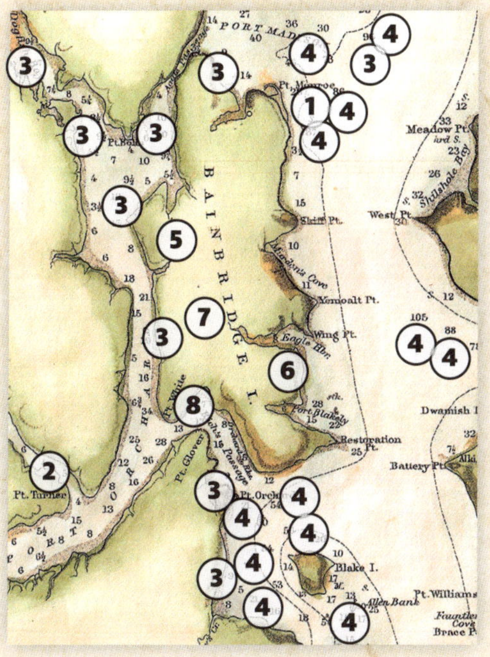

Sound der Meeresbucht

1 Marilyn Monroe sang unter anderem »I Wanna Be Loved By You«.

2 Tina Turner wurde 1939 in den USA geboren, nahm allerdings 2013 die Schweizer Staatsbürgerschaft an.

3 Na, das passt ja: Die Ziffer 9 kommt 9 Mal vor.

4 12 Zahlen auf der Karte sind größer als 50.

5 Der Ausschnitt stammt von Bainbridge Island, wo 1792 der britische Entdecker George Vancouver ankerte.

6 Das englische Wort für »Adler« lautet »Eagle«.

7 Auch die »Brücke« ist ein Teil von Bainbridge Island – »Bridge« ist das englische Wort für »Brücke«.

8 Auf der Karte lässt sich die Farbe »White« (Weiß) entdecken.

61

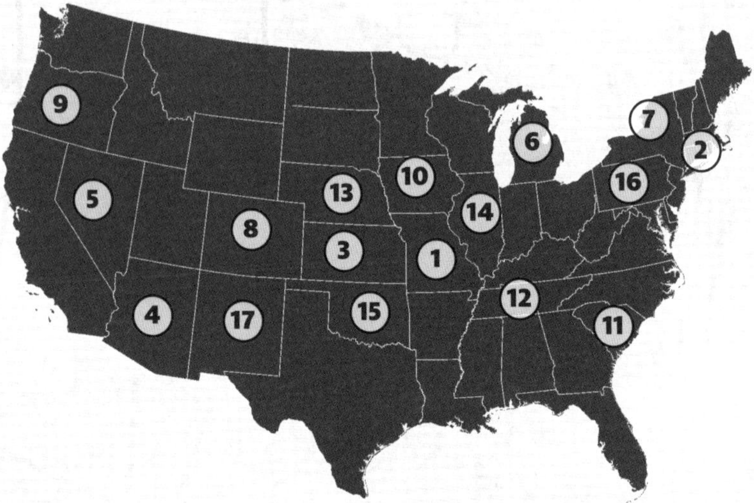

Bundesstaaten-Puzzle USA

1 Missouri
2 Connecticut
3 Kansas
4 Arizona
5 Nevada
6 Michigan
7 New York
8 Colorado
9 Oregon
10 Iowa
11 South Carolina
12 Tennessee
13 Nebraska
14 Illinois
15 Oklahoma
16 Pennsylvania
17 New Mexico

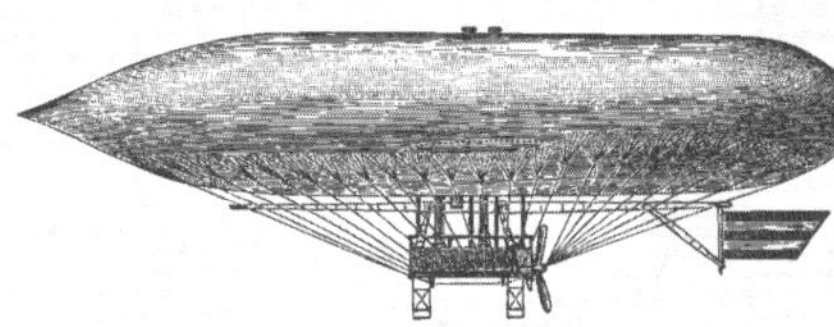

62 Biss in den Big Apple

1 Der Großvater von Charles III. und Vater von Elizabeth II. war George VI. (1895–1952).

2 Die englische Bezeichnung für die Ulme lautet »Elm Tree«.

3 TOM SEVILPLINK ist ein Anagramm von TOMPKINSVILLE. Tompkinsville ist heute ein Stadtbezirk in New York.

4 1895 wurde auf Coney Island (englisch für »Kanincheninsel«) mit dem »Sea Lion Park« der erste Vergnügungspark der Welt errichtet. Es folgten zahlreiche weitere Vergnügungsparks.

5 New York wurde ursprünglich von Niederländern gegründet. Utrecht hat über 360 000 Einwohner und ist damit die viertgrößte Stadt der Niederlande.

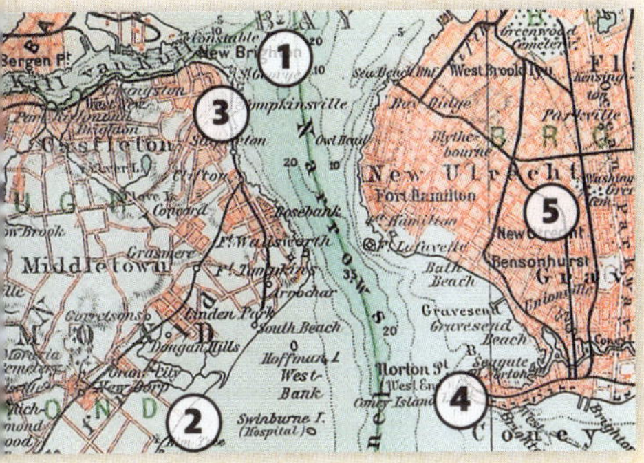

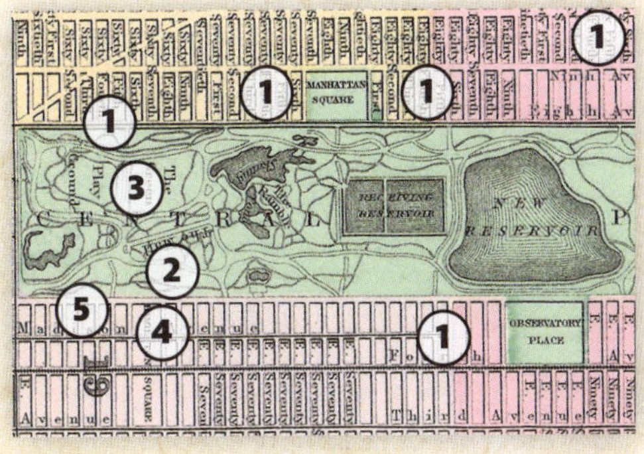

63 A Walk in the Park

1 Das Wort »Fourth« lässt sich auf der Karte 5 Mal lesen. Manhattan wurde nach einem Raster erbaut und die Straßen entsprechend nummeriert.

2 Ein größeres Einkaufszentrum wird manchmal auch als »Mall« bezeichnet.

3 Der Bereich rund um das Loch wird im Golfsport als das »Green« (Grün) bezeichnet.

4 Alexander Hamilton (1755 oder 1757–1804) war der erste Finanzminister der USA. Er starb an den Verwundungen, die er sich bei einem Duell zuzog.

5 James Madison (1751–1836), ebenfalls ein Gründervater der USA, löste 1809 Thomas Jefferson als US-Präsident ab.

64

England in den USA

1 Während des Ersten Weltkriegs wurde das deutschstämmige »Haus Sachsen-Coburg und Gotha« kurzerhand in »Haus Windsor« umgetauft.

2 Der italienische Seefahrer Giovanni Caboto wird in England John Cabot genannt. Er erreichte 1497 als erster europäischer Entdecker nach den Wikingern das nordamerikanische Festland.

3 Der Erzbischof von Canterbury ist gleichzeitig das geistliche Oberhaupt der Church of England.

4 Bei der »Boston Tea Party« wurden als Zeichen des Widerstands gegen die britische Kolonialpolitik mehrere Ladungen Tee über Bord geworfen.

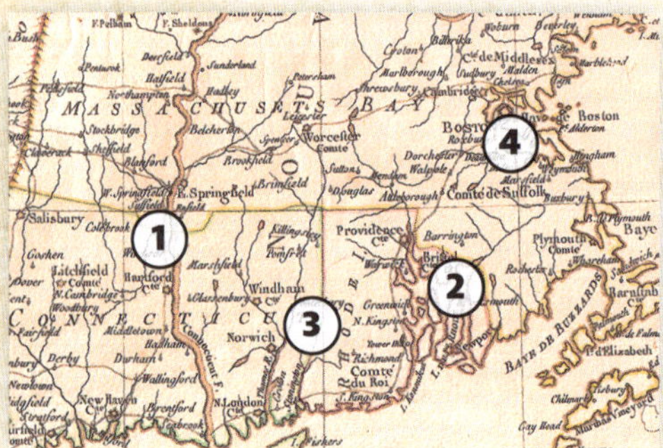

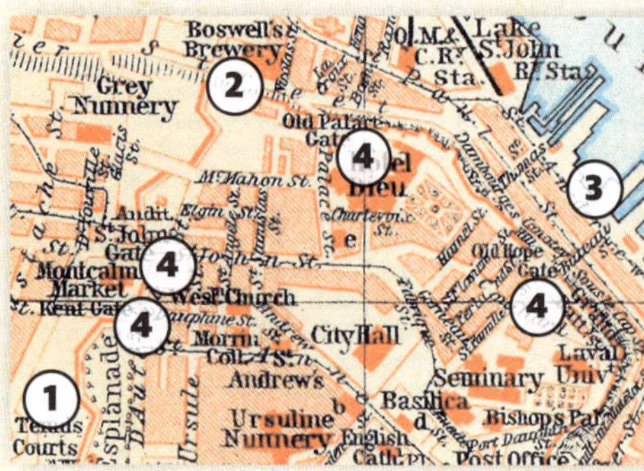

65

Frankreich am Sankt-Lorenz-Strom

1 Wo wird so gezählt? Beim Tennis: 0 (Love), 15, 30, 40.

2 »Brewery« ist das englische Wort für »Brauerei«.

3 Bestimmt haben Sie die St. Andrew Street letztendlich entdeckt, nicht wahr?

4 Konnten Sie alle 4 »Gate« zählen?

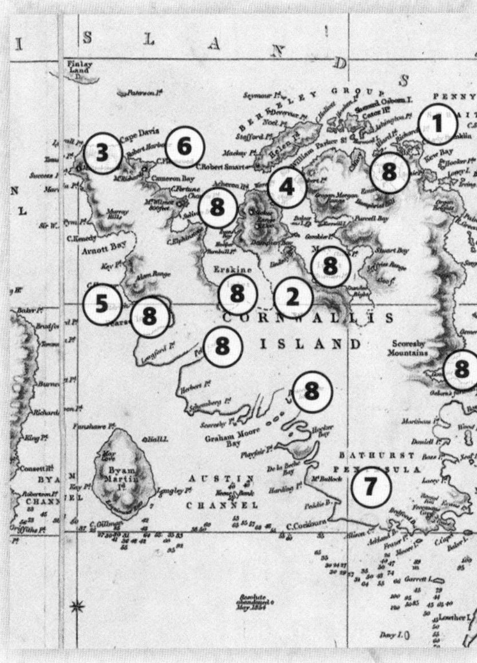

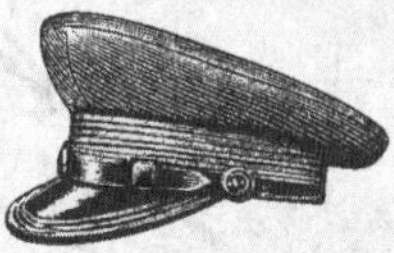

Polarexpedition

1 Lady Jane Franklin (1791–1875) scheute keine Ausgaben, um noch lange nach der verschollenen Franklin-Expedition suchen zu lassen.

2 Nach William Cornwallis wurde die Cornwallis-Insel benannt, die zu den Königin-Elisabeth-Inseln zählt und im Zentrum des Kanadisch-arktischen Archipels liegt.

3 Das Wort »Rendezvous« stammt aus dem Französischen und steht für ein Treffen von verliebten Personen.

4 Konnten Sie Oliver auf der Karte entdecken?

5 Die Vereinsfarben des Londoner Fußballklubs Tottenham Hotspur sind Blau und Weiß.

6 Das Album »Rumours« wurde 1977 von der Band Fleetwood Mac veröffentlicht und 40 Millionen Mal verkauft.

7 Das englische Wort »Peninsula« hat die Bedeutung »Halbinsel«.

8 Ein »Inlet« ist eine schmale Bucht. Auf der Karte gibt es 8 davon.

67

Am Nordpol

1 Die Schweden zugeordnete Insel »Groclant« hat nie existiert. Man vermutet heute, dass damit das kanadische Baffin Island gemeint gewesen sein könnte.

2 Die Schweiz hat offiziell keine Hauptstadt, jedoch mit Bern eine einer Hauptstadt ähnliche »Bundesstadt«.

3 Machen Sie aus »Londo« durch Hinzufügen eines »n« die englische Hauptstadt London.

4 Haben Sie einen »Hit« gelandet?

5 Versuchen Sie es am besten mit »Beers« (Bieren).

6 Die Buchstabenkombination »land« kommt auf der Karte 9 Mal vor.

7 Die Königin-Elisabeth-Inseln wurden erstmals 1616 vom englischen Seefahrer William Baffin (um 1584–1622) erreicht.

8 Bei dieser Aufgabe war eine punktgenaue Suche erforderlich. Haben Sie es geschafft?

Islands Osten

1 Konnten Sie alle 13 Tiere zählen?

2 Es sind insgesamt 14 Symbole von Gebäuden, die für Siedlungen oder Klöster stehen.

3 Die Buchstabenkombination »hof« ist auf der Karte 3 Mal zu finden.

4 Das war ein Berg voll Arbeit, aber Sie haben die Stelle des Kartenausschnitts bestimmt entdeckt.

5 Cole Porter (1891–1964) schrieb »I've Got You Under My Skin« für den Film »Zum Tanzen geboren« und erhielt dafür sogar eine Oscar-Nominierung.

6 Der Finnafjord (isländisch: Finnafjörður) liegt im Nordosten Islands in der Bucht Bakkaflói.

7 Ist eine Sache memorabel, also denkwürdig oder unvergesslich, so leitet sich das vom lateinischen »memorabilis« ab.

8 AL RADA befindet sich auf der Karte bei Aradal.

69

Franz Joseph in Russland

1 Eine britische Arktisexpedition von 1880 benannte die Insel nach dem damaligen Cambridge-Professor für Zoologie Alfred Newton – und nicht nach Isaac Newton (1643–1727).

2 Florence Nightingale (1820–1910) war Krankenschwester während des Krimkriegs und begründete im Anschluss die moderne Krankenpflege.

3 Den Oscar erhielt Melissa Etheridge 2007 für das Lied »I Need to Wake Up«, das sie für den Al-Gore-Dokumentarfilm »Eine unbequeme Wahrheit« geschrieben hatte.

4 Den Friedensnobelpreis erhielt 1922 der norwegische Polarforscher Fridtjof Nansen (1861–1930).

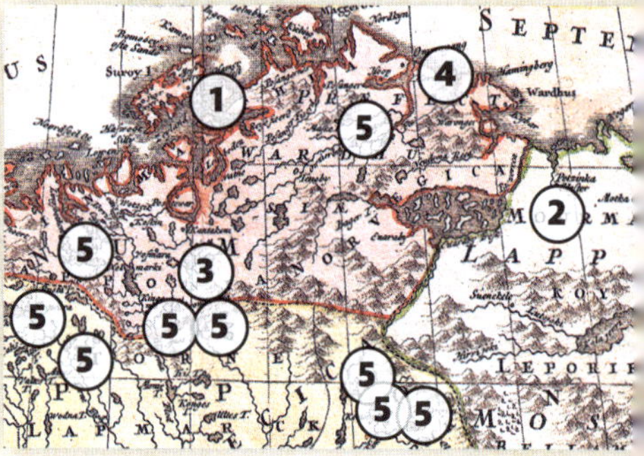

70

Besuchen Sie die Samen

1 Hammerfest ist eine Kleinstadt in Norwegen, die lediglich etwas mehr als 11 000 Einwohner zählt. 1998 übernahm das ebenfalls norwegische Honningsvåg den Titel der nördlichsten Stadt.

2 Konnten Sie Petzinka Closter auf der Karte finden?

3 Das norwegische Wort »ringe« bedeutet übersetzt »Ring«.

4 Konnten Sie die »Ommagang« fassen?

5 Auf der Karte lassen sich 9 Koten finden.

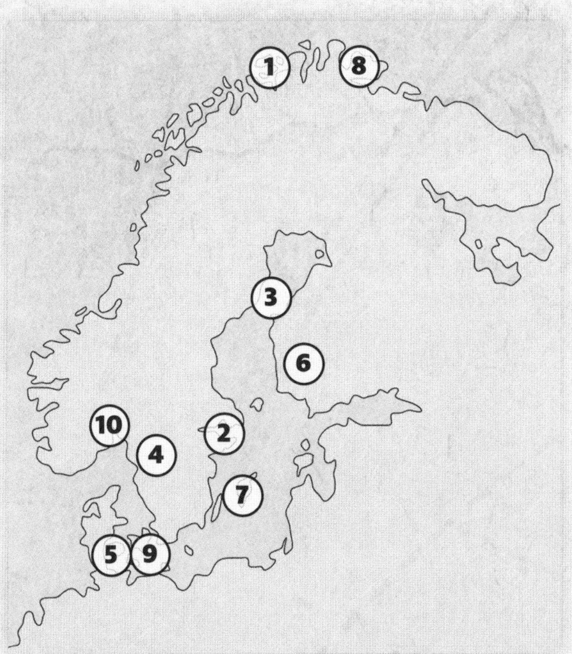

Wo liegt was in Skandinavien?

1 Von Hammerfest aus sind es nur noch 95 km Luftlinie zum Nordkap, dem nördlichsten auf einer Straße erreichbaren Punkt Europas.

2 In Stockholm hat nicht nur das schwedische Parlament seinen Sitz, sondern auch das Königshaus.

3 Der nördliche Ausläufer der Ostsee zwischen Schweden und Finnland wird Bottnischer Meerbusen genannt.

4 Der Vänern hat eine Fläche von über 5500 km². Das macht ihn – nach Ladogasee und Onegasee – zum drittgrößten See Europas.

5 Fünen ist die drittgrößte Insel Dänemarks (nach Seeland und der Nordjütischen Insel) und Odense, passend dazu, die drittgrößte Stadt.

6 Im rund 250 000 Einwohner zählenden Tampere gibt es viel Industrie, weshalb die Stadt auch »Manchester des Nordens« genannt wird.

7 Ihren Namen hat die fast 3000 km² große Insel Gotland dem Volk der Goten zu verdanken.

8 Der Varangerhalvøya-Nationalpark wurde 2006 gegründet, um die Landschaft, aber auch das kulturelle Erbe der Samen zu schützen.

9 Die Öresundbrücke führt über den Öresund von Kopenhagen in Dänemark nach Malmö in Schweden.

10 Die norwegische Hauptstadt Oslo hieß von 1624 bis 1924 Christiania.

72

Das alte Russland

1 Den Ausschnitt haben wir der Gegend östlich der russischen Hauptstadt Moskau entnommen.

2 Der Ladogasee hat eine Fläche von rund 18 000 km². Sein Abfluss ist die 74 km lange Newa, die auf ihrem Weg in die Ostsee das heutige Sankt Petersburg durchfließt.

3 Der Onegasee hat eine Fläche von fast 10 000 km² und ist damit deutlich kleiner als sein westlich gelegener »großer Bruder«.

4 »Lago« leitet sich vom lateinischen Wort »lacus« für »See« ab. Sie finden das Wort 5 Mal auf der Karte.

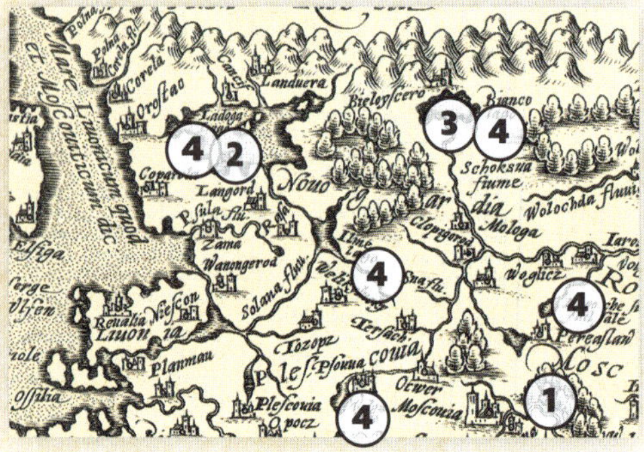

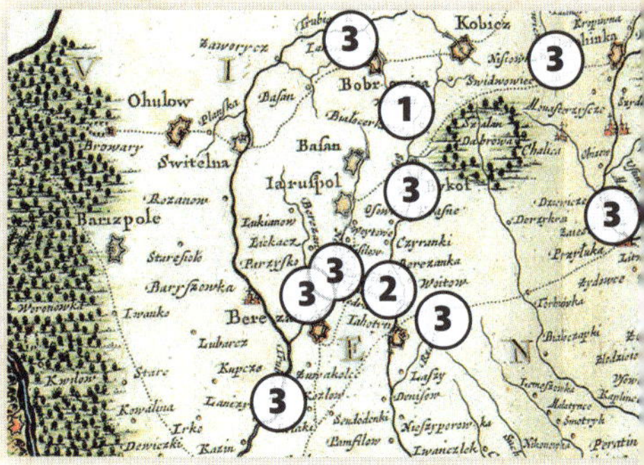

73

Inmitten der Ukraine

1 Die Hauptfigur aus »Charlie und die Schokoladenfabrik« (Buch von Roald Dahl) heißt Willy Wonka. Sie wird in den beiden Verfilmungen durch Gene Wilder beziehungsweise Johnny Depp verkörpert.

2 KEN ZAREBA befindet sich in dem auf der Karte verzeichneten Ort Berezanka.

3 Auf der Karte lassen sich 8 mit »R.« abgekürzte Flussbezeichnungen zählen.

Erkennen Sie dieses Land in Europa?

1 **D** Portugal liegt im Westen der Iberischen Halbinsel. Das Cabo da Roca ist der westlichste Punkt des Festlands. Zum portugiesischen Staatsgebiet gehören auch Madeira und die Inseln der Azoren.

2 **G** Finnland liegt im Norden Europas und hat lange Grenzen zu Schweden, Norwegen und Russland. Amtssprachen sind Finnisch und Schwedisch.

3 **B** Slowenien, ehemals der Nordteil Jugoslawiens, ist seit 2004 Mitglied der Europäischen Union und wurde 2007 in die Eurozone aufgenommen.

4 **H** Das Königreich Polen wurde im Jahr 1025 gegründet. Später erfolgten mehrere Teilungen des Landes. Seit 2004 ist die Republik Polen Mitglied der Europäischen Union.

5 **J** Fast zwei Drittel der Staatsfläche Österreichs sind alpines Hochgebirge. Man nennt Österreich deshalb auch die »Alpenrepublik«.

6 **C** Albanien ist mit einer Fläche von 28 748 km^2 etwas kleiner als Belgien, hat aber lediglich rund 2,8 Millionen Einwohner.

7 **I** Das Großherzogtum Luxemburg zählt – neben Belgien und den Niederlanden – zu den Beneluxstaaten.

8 **E** Dänemark wird aus kulturellen Gründen meist zu Skandinavien gezählt. Zum Königreich Dänemark gehören auch noch Grönland sowie die Färöer.

9 **A** Tschechien ging 1993 aus der ehemaligen Tschechoslowakei hervor. Die Hauptstadt ist Prag.

10 **F** Cluj-Napoca ist mit über 320 000 Einwohnern – nach der Hauptstadt Bukarest – die zweitgrößte Stadt in Rumänien.

75

Die historische Landschaft Livland

1 Die Hauptstadt Lettlands ist die an der Rigaer Bucht gelegene Hansestadt Riga.

2 Sem war – gemäß Bibel – der älteste der drei Söhne Noahs. Er fuhr auch auf der Arche mit.

3 Salatt ist eine in Litauen gelegene Kleinstadt.

4 Auf der Karte gibt es 5 Bezeichnungen, die ein »Z« oder »z« enthalten.

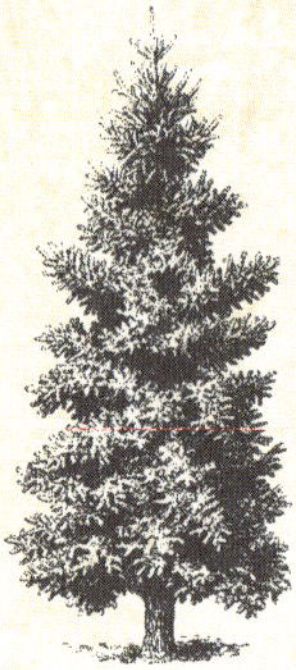

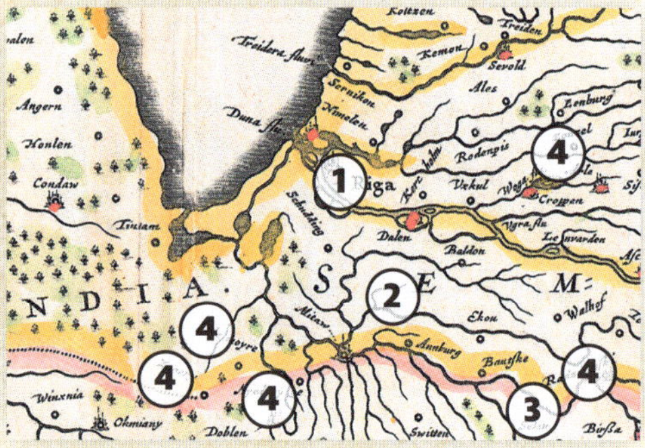

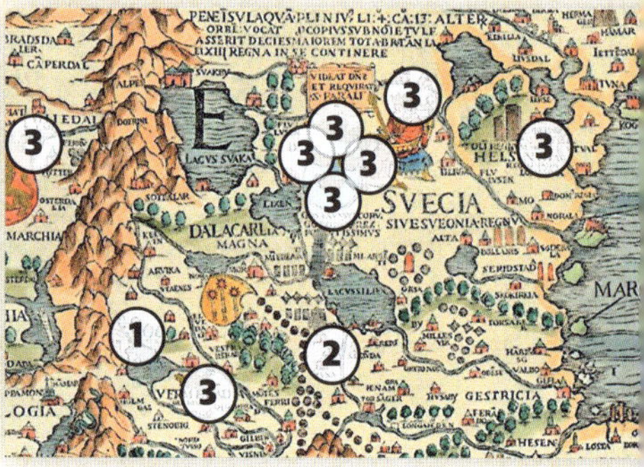

76

Die älteste Karte Nordeuropas

1 Ein See, Berge und Bäume – der Ausschnitt verspricht Natur pur.

2 Lady Gaga wurde 1986 als Stefani Joanne Angelina Germanotta in New York geboren. Außer als Sängerin ist sie auch als Schauspielerin unterwegs (»A Star Is Born«).

3 Zählt man die Kronen auf den Wappen mit, sind insgesamt 8 Kronen abgebildet.

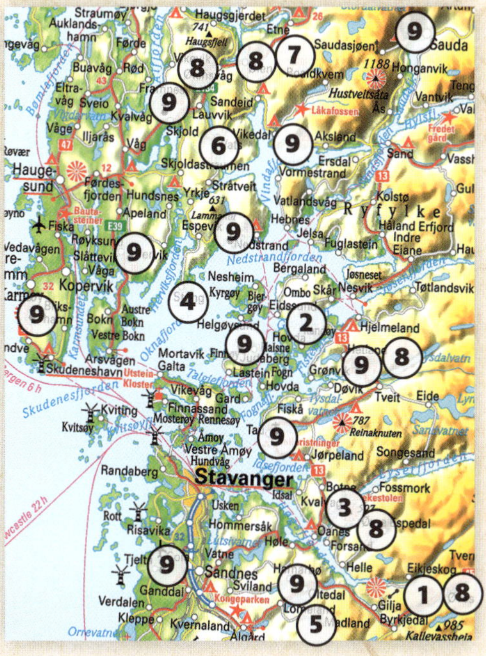

Zu den Fjorden im Norden

1. Es stehen viele Zahlen auf der Karte, aber die Zahl 66 kommt nur einmal vor.
2. Der Garsundsfjord ist nur einer von über 1700 benannten Fjorden in Norwegen.
3. Prekestolen (Predigtstuhl) ist eine bei Wandersleuten äußerst beliebte natürliche Felsformation in der norwegischen Provinz Rogaland.
4. Durch das Ergänzen eines »r« machen Sie aus »Stong« das englische Wort »strong« (stark).
5. Das Wort »mad« bedeutet im Englischen unter anderem »verrückt«.
6. Das Musical »Cats« wurde 1981 in London uraufgeführt und zählt zu den erfolgreichsten Musicals aller Zeiten.
7. Nur einer seiner Rekorde: Roald Amundsen (1872–1928) erreichte 1911 als erster Mensch den Südpol.
8. Das »Ø« wird in einigen skandinavischen Sprachen verwendet – so auch im Norwegischen – und entspricht einem »Ö«. 5 Bezeichnungen auf der Karte beginnen mit dem »Ø«.
9. Es sind 11 kirchliche Gebäude, die durch das Symbol dargestellt werden.

78

Trip nach Schottland

1 Die Hauptstadt Schottlands ist – schon seit 1437 – Edinburgh. Es ist Schottlands zweitgrößte Stadt.

2 Am Firth of Tay liegt die Stadt Dundee. In den Firth of Tay, einen Meeresarm, mündet der Tay, der mit 193 km längste Fluss Schottlands.

3 Die größte Stadt in Schottland ist Glasgow mit etwa 635 000 Einwohnern. Damit ist Glasgow gleichzeitig – nach London und Birmingham – die drittgrößte Stadt des Vereinigten Königreichs.

4 Catherine Middleton trägt heute den Titel Princess of Wales. Sie wurde 1982 im westlich von London gelegenen Reading geboren.

5 Das schottische Wort »kirk« bedeutet »Kirche«. Auf der Karte tauchen 5 »kirk« auf.

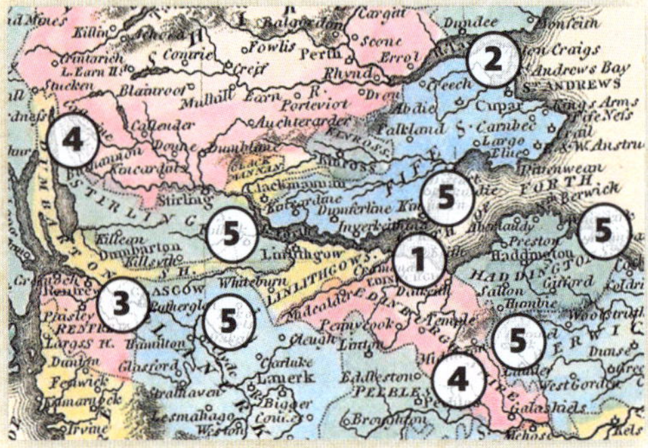

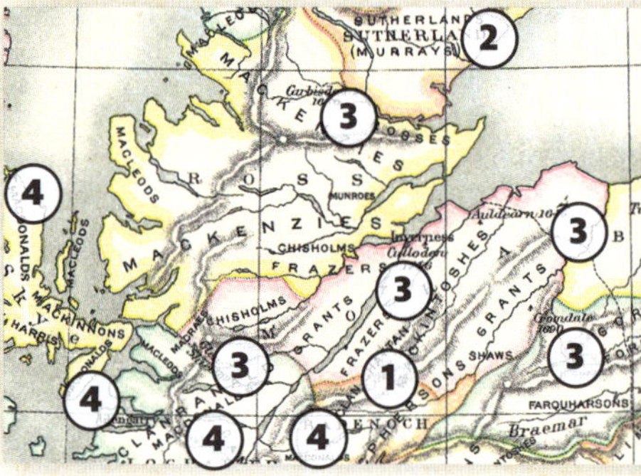

79

In den schottischen Highlands

1 Das englische Wort »Chat« kann mit »Plauderei« übersetzt werden, wird aber auch in der englischen Form sprachlich bei uns gebraucht.

2 Donald Sutherland hat, wie sein Name verrät, schottische Vorfahren. Auch sein Sohn Kiefer Sutherland ist ein bekannter Schauspieler.

3 Die 5 Jahreszahlen beziehen sich auf schottische Schlachten des 17. und 18. Jahrhunderts.

4 Der Clan-Name »MacDonalds« taucht 4 Mal auf der Karte auf und ist damit häufiger als die anderen Namen.

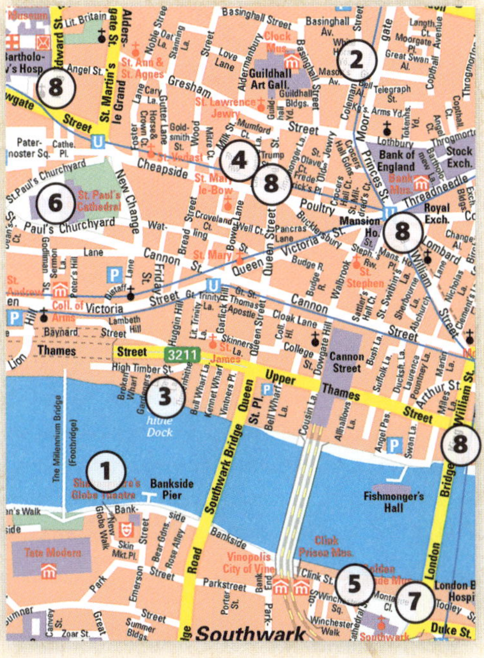

Zurück in London

1 William Shakespeare (1564–1616) schuf unvergängliche Werke wie z. B. »Romeo und Julia« oder »Hamlet«.

2 Ein weißes Pferd (»White Horse«) wird auch Schimmel genannt.

3 Das englische Wort für »Eintopf« lautet »Stew«.

4 »Russia« ist die englische Bezeichnung für Russland.

5 Die »Golden Hinde« war Drakes Flaggschiff, als er zwischen 1577 und 1580 als erster Engländer die Welt umsegelte.

6 Lord Nelson starb 1805 während der Schlacht von Trafalgar. Er wurde in der Krypta der St. Pauls-Kathedrale beigesetzt.

7 Romeo stammt aus der Familie Montague, Julia aus der Familie Capulet. Die beiden Familien sind verfeindet, Romeo und Julia verliebt …

8 Auf der Karte lassen sich 4 »King« zählen.

BILDNACHWEIS

Schmuckillustrationen

stock.adobe.com – (©): Andrey Kuzmin (alle Hintergründe), Seite 1 o. my_stock, 1 u. max_776, 6 Morphart, 7 l. Eva Kali, 7 r. + u. Rawpixel.com, 8–10 Anja Kaiser, 11 artbalitskiy, 12–26 o. Anja Kaiser, 26 u. l. Rawpixel.com, 26. u. r. Erica Guilane-Nachez, 28 Hartmut Lerch, 32 Erica Guilane-Nachez, 34 + 38–42 Anja Kaiser, 44 endstern, 46 + 48 u. Anja Kaiser, 52 Morphart, 58 + 62 o. Anja Kaiser, 62 u. Hartmut Lerch, 64 endstern, 66 Erica Guilane-Nachez, 68 o. Rawpixel.com, 68 u. + 71–75 Anja Kaiser, 76 o. Rawpixel.com, 76 u.–78 Anja Kaiser, 82 o. lynea, 82 u. endstern, 84 Anja Kaiser, 85 lynea, 87 Anja Kaiser, 88–90 Rawpixel.com, 92 o. endstern, 92 u. Anja Kaiser, 94 Hartmut Lerch, 96 Vanessa, 98 Rawpixel.com, 100–101 Anja Kaiser, 102 OlgaKorneeva, 105 lynea, 106 l. Anja Kaiser, 110 Erica Guilane-Nachez, 113 Rawpixel.com, 114 o. my_stock, 114 u. Mannaggia, 117 Rawpixel.com, 118 o. Hein Nouwens, 118 u. Anja Kaiser, 120 my_stock, 122 Anja Kaiser, 124–126 lynea, 128–188 siehe vorn bei den Rätseln

Wikimedia Commons (Public Domain): Seite 30, 36, 48 o., 53, 54, 56, 61, 70, 80, 106 r., 108

Karten, Silhouetten und Flaggen

stock.adobe.com – (©): Sergey Kamshylin (Vorsatz/Nachsatz), 9 nickolae, 10 PicturePast, 12/13 + 17 agrus, 19 Sergey Kamshylin, 22 Morphart, 23 Sergey Kamshylin, 43 max_776, 45 gt29, 46 PicturePast, 47 Sergey Kamshylin, 49 PicturePast, 50 Sergey Kamshylin, 51 PicturePast, 55 Mannaggia, 57 Sergey Kamshylin, 60 Chad McDermott, 61 Sergey Kamshylin, 63 gt29, 65 kromekz/max_776, 69 PicturePast, 70 + 71 Sergey Kamshylin, 72/73 agrus, 78 mastamak, 81 gt29, 83 agrus, 86 + 87 Sergey Kamshylin, 91 + 95 + 99 PicturePast, 100/101 Yusiki, 102 nickolae, 103 Sergey Kamshylin, 104 + 113 PicturePast, 117 Sergey Kamshylin, 119 agrus, 124 + 125 Sergey Kamshylin

Wikimedia Commons (Public Domain): Seite 11, 18, 25, 27, 29, 31, 33, 35, 37, 39, 41, 58, 59, 67, 84, 85, 89, 105, 107, 109, 111, 112, 116, 120, 121

Alle übrigen Karten entstammen dem Archiv des Verlags.

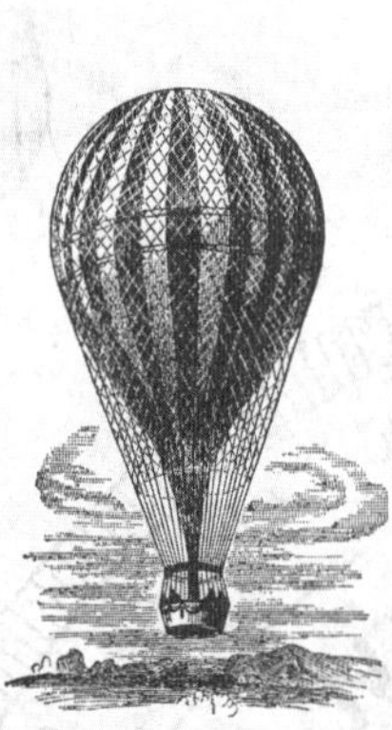